愛する婚約者に
殺された公爵令嬢、
死に戻りして
光の公爵様《お父様》の
溺愛に気づく
今度こそ、生きて幸せになります！
1
あーもんど
Illustration ニナハチ
A duke's daughter,
murdered by her beloved fiancé,
returns from death and
realizes the love of the Duke of Light .

第一章

A duke's daughter,
murdered by her beloved fiancé,
returns from death and
realizes the love of the Duke of Light .

「――――ベアトリス・レーツェル・バレンシュタイン、ここまでだ」

そう言って、私に剣先を突きつけてきたのは――――ルーチェ帝国の第二皇子であり、私の婚約者であるジェラルド・ロッソ・ルーチェだった。

ルビーを彷彿とさせる赤い瞳に殺意を滲ませ、歩み寄ってくる彼は艶《つや》やかな金髪を揺らす。

ゾッとするほど美しい顔立ちからは、何の感情も窺《うかが》えず……ただ、『殺す』という意志しか感じ取れなかった。

「じぇ、ジェラルド……どうして、こんなことを？　私達、愛し合っていたんじゃないの？」

結婚式を翌日に控えたこのタイミングで何故、刃傷沙汰になるのか分からず……私は目を白黒させる。

確かに『結婚式の前に一度、二人きりでこっそり会いたい』と言われた時は驚いたが、このような扱いを受ける謂《いわ》れはなかった。

だって、七歳の頃から今日まで本当に仲睦まじく……お互いのことだけを想って、過ごしてきたのに。

『何か誤解があるのかもしれない』と思案する中、ジェラルドはハッと鼻で笑った。

「愛し合っていた？　誰と誰が？」

「えっ……？」

「言っておくが、僕は――――君を愛したことなど、一度もない」

「!?」

恋愛結婚だと信じて疑わなかった私は、まさかの発言に目を剝いた。

じゃ、じゃあ……私に優しくしてくれたのも『君を一番に想っているよ』と言ってくれたのも、全部嘘なの?

貴方だけが私を愛してくれると思っていたのに……。

家に居場所がなく、ずっと孤独だった私にはもうジェラルドしかいなかった。

だから彼の要求に応え、父を説得し、皇位に就けるよう尽力したのに……。

「皇太子の座を手に入れた時点で、君はもう用済みだ。僕の人生に必要ない」

「そんな……」

ショックを受けて崩れ落ちる私は、ただ呆然と地面を見つめる。

ただ利用されて終わる人生なのかと思うと、虚しくて……。

そっか……ジェラルドの欲しかったものは公爵令嬢で、私自身じゃないんだ。

きっと、貧しい田舎娘だったら……見向きもしなかったはず。

『貴方だけは他の人と違うと思っていたのに……』と絶望し、一筋の涙を流す。

もはや、この場から逃げ出す気力なんて残ってなかった。

「君には感謝している。きっと、僕の力だけではこの地位に就けなかったからね。だから、一時はこのまま結婚するのもいいかと思っていた。でも――君を見ていると、無性に腹が立つんだ」

私の喉元に軽く刃先を食い込ませ、ジェラルドはスッと目を細めた。
「君と生涯を共にするのは、僕にとって拷問も同じ。よって、切り捨てることにした」
淡々とした口調でそう言い、ジェラルドは一度剣を下ろす。
そして、ゆっくり構え直すと――何の躊躇《ためら》いもなく、私の心臓《胸》を貫いた。
最後の慈悲として苦痛なく死なせてくれたのか、痛みはない。
あるのは、海より深い悲しみと虚しさだけ。
嗚呼……どうして、こうなってしまったんだろう？
私はどこで間違えたんだろう？
『愛されたい』と願うのは、それほど悪いことだったんだろうか？
飛び散る血を目で追いながら、私はそっと目を閉じる。
目の前の現実を拒絶するように。
『もう嫌だ……全部終わらせてくれ』と祈る中、
「愛だの恋だのくだらない」
と、吐き捨てるジェラルドの声が聞こえた。

◇◆◇◆

「……さ……して……」

ぼんやりとする意識を遮るように、聞き覚えのある声が耳に届く。

でも、上手く聞き取れなくて黙っていると……

「ベアトリスお嬢様！　聞いていらっしゃいますか！」

と、耳元で怒鳴られた。

『ひゃっ……!?』と変な声を出す私は、耳を押さえて飛び上がる。

と同時に、声の主へ視線を向けた。

「ま、マーフィー先生……？　どうして、ここに……？」

幼い頃、私の家庭教師をしていた茶髪の女性が目に入り、動揺を示す。

だって、彼女はここを去った後すぐに──亡くなったから。

つまり、本来存在しない人物ということ。

えっ？　どういうこと？　死後の世界だから、マーフィー先生もいるの？

でも、それにしては随分と若々しい……部屋だって、昔のままだし。

キョロキョロと辺りを見回し、私はここが幼い頃使っていた書斎だと気づく。

『まるで、過去に戻ってきたみたいだわ……』と困惑する中、マーフィー先生は細い棒のようなもので机を叩いた。

「何をそんなに驚かれているのか分かりませんが、授業に集中してください──公爵様にこれ以上、幻滅されてもいいのですか？」

物心ついた時から繰り返し言われてきた言葉を口にし、マーフィー先生は顔を覗き込んできた。

海のように真っ青な瞳は、ゾッとするほど冷たくて……ビクッと肩を震わせる。

「奥様の命を犠牲にして《腹を食い破って》誕生した貴方が、このような出来損ないでは……公爵様もさぞショックでしょう」

私を出産したせいで亡くなった母の話を持ち出し、マーフィー先生はカチャリと眼鏡を押し上げた。

「いいですか？　貴方はこれから先ずっと奥様と公爵様に懺悔《ざんげ》し、生きていくのです。幸せになろうなどと、思わないように」

――――という宣言のもと、私はみっちり躾《しつ》けられた。

まるで、家畜のように叩かれながら……。

母親の腹を食い破る野蛮な子供に言葉は通じないから、と。


今日は一段と酷かったな……でも、おかげで――――

「――――夢や幻じゃないと確信出来たわ」

自室の姿見で自分の容姿を確認し、私は一つ息を吐く。

誰もいない室内を見回し、胸辺りまである銀髪に軽く触れた。

どういう理屈か分からないけど――――私は過去に戻ったみたい。

所謂《いわゆる》、死に戻りというやつかしら。

「ジェラルドに裏切られた今、私に生きる意味なんてないのに……」

唯一の希望であり幸福であり最愛だった存在を思い浮かべ、私はそっと眉尻を下げる。

鏡に映る自分はとても情けない表情《かお》をしていて……母親譲りのペリドットの瞳も、淀んで見えた。

いっそ、全部投げ出したい衝動に駆られるものの……小心者の自分では、逃亡も自殺も出来ない。

一人になるのも、もう一度死を体験するのも怖くてしょうがないから。

「結局、ずっと耐えるしかないのかな……」

「――――何でだよ？　お前には、超頼もしいパパがいるじゃん」

「!?」

突然見知らぬ男性の声を耳にし、私は慌てて後ろを振り返った。

すると、そこには――――うっすらと透けている青年が……。

歳は十八歳くらいだろうか。

男性にしては細身だが、まだ七歳の私から見れば凄く大きい。

「だ、誰……!?　どうして、ここにいるの……!?」

屋敷の警備をどうやって掻い潜ったのか分からず、私は目を白黒させる。

『まさか、暗殺者……!?』と青くなる私の前で、彼はパッと両手を上げた。

「ちょっ……落ち着けって。俺はお前に危害を加える気はない。むしろ、助けてやった側だし」

「えっ……？」

「単刀直入に言うと――お前を過去に戻してやったのは、俺なんだ」

両手の人差し指で自分を示し、男性はニカッと笑う。

どこか、誇らしげに。

「まあ、術式を発動させたのが俺ってだけで細かい計算や調整をやったのは、別のやつらだけどな」

『俺には、そういうこと出来ないから』と言い、肩を竦《すく》める。

その際、綺麗に切り揃えられた短い黒髪がサラリと揺れた。

「じゃ、じゃあ私は本当に生きているのね……？　死後の世界とかじゃなくて」

「ああ、バッチリ生きているぜ。つか、お前を生き返らせるためにこんな無茶したんだから」

「ど、どういうこと……？」

私は誰にも愛されず、必要とされず、裏切られた女……こんなにも惨めで情けない私を生き返らせるなんて、時間の無駄としか思えない。

『一体、何が目的なんだろう？』と思案する中、男性は天井を仰ぎ見る。

「う～ん……どっから、話そうかなぁ」

ガシガシと頭を掻きながら、男性は悩ましげに眉を顰《ひそ》めた。

かと思えば、パッと頭から手を離す。

「あー……まどろっこしいのは苦手だから、結論から言うわ――お前を生き返らせたのは、世界の滅亡を防ぐためだ」

「……えぇ？」

ますます意味が分からなくなり、私は目を白黒させる。

自分の生死が世界の命運を握っているなんて……想像もしなかったから。

「じょ、冗談よね……？」

「いや、ガチ」

「ど、同情心とかではなく……？」

「ああ。俺がそんな優しい人間に見えるか？」

「……見えないわ」

「うん、事実だけどこうも断言されると傷つくな。事実だけど」

なんとも言えない表情でしげしげと頷《うなず》き、男性は一つ息を吐いた。

かと思えば、場の空気を変えるかのようにパンッと手を叩く。

「まあ、とにかくお前が生きないとこの世界は十一年後に滅ぶ」

「ど、どうして？」

「それは――お前のことを超超超溺愛している公爵様が、激昂して、暴走するからだ」

「へっ……？」

思わず素っ頓狂な声を上げてしまう私は、そっと口元に手を当てた。

この言葉を口にしていいのか迷いながらも、『そうじゃない』と信じたくて……言葉を紡ぐ。

「お、お父様が世界を滅ぼすってこと？」

「ああ」

「う、嘘よ！　だって、お父様は――――」

そこで言葉を切ると、私は壁に飾られたバレンシュタイン公爵家の旗を見た。

「――名実ともにこの国を救った英雄なのよ！」

我が父リエート・ラスター・バレンシュタインは、二年前に起きた大厄災をたった一人で収めた人物。

魔物と呼ばれる世界の穢れを具現化した存在を倒し、この世に平和をもたらした。

まさに生きる伝説。帝国の希望。

そんな意味を込めて、人々は父を――『光の公爵様』と呼んでいる。

本来、『光』は皇室を象徴する単語なのだけど、お父様は英雄だから特別に許されているの。

それくらい、周りに一目置かれている存在ってこと。

『ある意味、皇室より影響力を持っているし……』と考え、私は額を押さえる。

考えれば考えるほど、訳が分からなくて……。

「何より、お父様は私のことを恨んでいるわ。だから、私が死んで喜ぶことはあっても、激昂することなんて……」

「お前の家庭事情は知ったこっちゃないが、これは未来で実際に起こった出来事だ」

真剣な面持ちでこちらを見据え、男性は腰を折った。

目線を合わせてくれたおかげか、闇に溶けてしまいそうなほど黒い瞳がよく見える。

「公爵様はお前の死をキッカケに、暴走した」

一語一語ハッキリと発音して言い切ると、男性はおもむろに腰を上げた。

「まあ、当然俺達も色々説得したんだぜ？　けど、まっっったく手応えなし！　『殺戮《さつりく》をやめてほしいなら娘を生き返らせるか、娘の仇を連れてこい』の一点張り！」

『ありゃあ、完全にネジが外れていた』と溜め息を零し、男性はやれやれと肩を竦める。

当時の状況を思い返しているのか、どこか遠い目をしていた。

かと思えば、不意にこちらを見る。

「で、仕方なく俺達も実力行使に出たんだけど……」

「なっ……!?　お父様は無事だったのよね!?」

『実力行使』という言葉に目くじらを立て、私は彼に詰め寄った。

と同時に、手を伸ばす――ものの、すり抜けてしまった。

ずっと透明だから、何となくそんな気はしていたけど……やっぱりこの人って、

「ゆ、幽霊?」

空虚を掴むような感覚を思い返し、私はサァーッと青ざめる。

この手の話は今も昔も凄く苦手だから。

男性の体をすり抜けた手を見下ろし、戦々恐々としていると、彼は困ったような表情を浮かべる。

「う～ん……当たらずとも遠からずって、ところか? 一応、まあ生きてはいる――――っと、それはさておき……公爵様は俺達の総攻撃を受けても、無傷だったよ。マジで化け物」

『もう二度と戦いたくねぇ……』と零し、男性は頭の後ろで両腕を組んだ。

「だから、俺達は方針を変えることにしたんだ」

「それが逆行ってこと……?」

「ああ」

間髪容《い》れずに頷いた男性は一歩前に出て、ピンッと人差し指を立てる。

「光の公爵様を闇堕ちさせない方法は、たった一つ――――愛娘たるお前が生きて、幸せになること」

『それが絶対条件』と語り、男性は自身の手のひらを見つめた。

「俺はそのためなら、何でもやるつもりだ。多少の犠牲も必要経費だと思って、割り切る。てな訳で――――」

先程までの切迫した雰囲気が嘘のように霧散し、男性はおちゃらけたように笑う。

まるで、こちらの警戒心を解すように。

「――――お前を殺したやつの正体、教えてくんね？」

「!!」

思わぬ……いや、ある意味当然と言える質問を投げ掛けられ、私は硬直した。

喉元に剣を突きつけられた時の感覚が、甦ってしまって……。

「とりあえず、他殺ってのは分かっているんだ。でも、魔法か何かで上手く痕跡を消されていて……犯人を特定出来なかった。公爵様が世界滅亡に走ったのも、そのためだ。数打ちゃ当たる戦法っつーか、とにかく世界中の生物を殺しまくればいつかはお前の仇も討てるからな」

『マジで脳筋だよなぁ』とボヤく彼に、私は何も言えなかった。

ただただ震えて……今にも零れそうな悲鳴を押し殺す。

一度死んだという事実は淡々と受け止められたはずなのに、当時の記憶を……心臓を貫かれた時の情景を鮮明に思い出すと、怖くて堪らない。

不安で不安で……頭がおかしくなりそう。

目尻に涙を浮かべながら、私は膝から崩れ落ちた。

夢中になって胸元を掻き毟《むし》り、『大丈夫……何も刺さってない……』と生を実感する。

そんな私を見て、黒髪の男性は見るからに焦り出した。

「お、おい！　大丈夫か？　やっぱ、死んだ時の話はタブーだったか？」

『でも、早く知っておかないと対策が……』と零しつつ、男性は床に片膝を突く。

そして、心配そうに顔を覗き込んできた。

「うわ……顔面蒼白だな」

『あちゃー』という顔でこちらを見つめ、男性はそっと眉尻を下げる。

どことなく申し訳なさそうな表情を浮かべ、こちらへ手を伸ばすものの……直ぐに引っ込めた。

『そうだ、今は触れられないんだったな』と呟きながら。

「悪い……この話はまた明日にしよう。とにかく、今日は休め」

そう言うが早いか、男性はクイクイと人差し指を動かした。

と同時に、私の体が宙を舞う。

『魔法……？』とぼんやり考える中、ベッドまで運ばれ、そっとブランケットを掛けられた。

まだ幼い子供の体だからか……それとも精神的にかなり疲れてしまったのか、すぐ眠気に襲われる。

「────ちゃんと傍にいてやるから、安心して寝ろ」

『何も心配はいらない』と言い放つ男性に、私は何故か安心してしまい……意識を手放した。

◇◆◇◆

――翌日の早朝。

専属侍女のバネッサに文字通り叩き起こされ、私は身支度を整えた。

痛む腕を押さえながら書斎に行き、そこでマーフィー先生と対面する。

今日も今日とて不機嫌な彼女は、冷たい目でこちらを見下ろしていた。

「早くお掛けください」

「はい……」

挨拶もなく投げ掛けられた言葉に、私はただ従う。

『今日もまた地獄のような時間が始まるのか……』と暗い気持ちになる中――視界の端に黒を捉えた。

「おー。おっかねぇ先生だな」

そう言って、マーフィー先生の周りをうろちょろするのは昨夜出会った謎の男性……。

『あ、あれってやっぱり夢じゃなかったのね……』と確信する私の前で、彼は人差し指を立てた。

かと思えば、マーフィー先生の頭にニュッと角を生やす。

人や物に触れない特性を活かしたおかげか、妙に完成度は高い。

でも、私はそれどころじゃなかった。

そ、そんなことしたらマーフィー先生に怒られちゃうわ……！

大体、他の人に見つかったら大騒ぎに……って、あら？

全く反応を示さないマーフィー先生と専属侍女のバネッサに、私は目を白黒させる。

だって、彼のことをまるで見えていないように振る舞うから……。

『どういうこと？』と困惑していると、黒髪の男性がふとこちらを向いた。

「ん？　あー、そういえば言ってなかったな。俺――――他のやつの目には見えないし、声も聞こえないんだよ」

「!?」

「ちゃんと目視出来るのは、お前も含めて三人だけだな。あっ、もちろん俺のことは周りに言うなよ～」

『内緒な？』と言って、男性は唇に人差し指を押し当てた。

かと思えば、マーフィー先生で遊び始める。

悪戯っ子のような笑みを浮かべながら。

えっと、視認出来ないのは良かったけど、大半の人々にいないものとして扱われるのは、辛くないのかしら？

私だったら、孤独に耐え切れないと思うわ。

『どうして、そんなに前向きでいられるんだろう？』と考え、少しだけ彼のことが羨ましくなる。

弱虫な自分と比べ虚しくなる中、マーフィー先生は教科書のページを捲った。

「ここルーチェ帝国を治める皇族は一度も血を絶やしたことがなく、常に皇帝の実子……それも男児を次の指導者として、据えてきました。これはかなり凄いことで……って、聞いていますか？」

「ぁ……えっと……」

男性の方に意識を持って行かれ、全く講義を聞いてなかった私は言い淀む。

正直に白状する勇気も嘘をつく度胸もなくて、押し黙ってしまった。

すると――――マーフィー先生に思い切り頬を叩かれる。

「昨日に続き、随分とボーッとしているようですね」

「……ごめんなさい、マーフィー先生」

熱を持つ頬に手を添え、私は縮こまる。

一気に現実へ引き戻されたような気分になり、涙を瞬きで誤魔化した。

『泣いたら、また叩かれる……』と震える私の前で、黒髪の男性は血相を変える。

「お、おい！　大丈夫か!?　あの女、子供になんつーことを……！」

『虐待だろ、こんなの！』と喚き、男性はマーフィー先生を睨みつけた。

その瞬間――――どこからともなく風が巻き起こって、マーフィー先生の髪を切り落とす。

お団子へアだったのが災いしたのか、彼女の髪は大分短くなってしまった。

「な、何……!?　何なの……!?」

珍しく取り乱すマーフィー先生は、落ちた茶髪を見て戸惑う。

怯えたような表情で数歩後ろへ下がり、辺りを見回した――――ものの、当然犯人は見つからない。

「一体、誰がこんな……!?　公爵家の中で魔法を行使するなんて……！」

普通では有り得ない事態を目の当たりにし、マーフィー先生は『騎士を呼んできて！』と叫ぶ。

すると、バネッサが慌てた様子で部屋を飛び出した。

これで私と先生の二人きりになる。

ど、どうしよう……？　どう動けばいい？　どうしたら、マーフィー先生の機嫌を損ねずに済む？

また叩かれるのが怖くてビクビクしていると、マーフィー先生は少しだけ平静を取り戻した。

かと思えば、こちらに鋭い目を向ける。

「……まさかとは思いますが、私の髪を切り落としたのはベアトリスお嬢様じゃありませんよね？」

「ち、違います……」

「本当ですか？　私を怯えさせて、屋敷から追い出す魂胆では？」

「いいえ、そんなことは……」

半泣きになりながら否定すると、いきなり顎を掴まれた。

そして、無理やり視線を合わせられる。

氷のように冷え冷えとした青い瞳を前に、私は竦み上がった。

「チッ！　おい、手を離せ！　クソババァ！」

黒髪の男性は物凄い形相でマーフィー先生を睨みつけ、一歩前に出た。

そのタイミングで、マーフィー先生も手を振り上げる。

ま、不味い……！　このままだと、また風を巻き起こすかもしれない……！

かなり興奮している様子の男性を見つめ、私は堪らず
「――もうやめて！」

と、叫んだ。

すると、何故かマーフィー先生がこれでもかというほど目を吊り上げる。

「ハッ……！　お嬢様、まさか私に逆らうおつもりですか？　奥様の腹を食い破って、生まれてきた分際で？」

「あ？　んだと、てめぇ！　今度はその口を切り落としてやろうか！」

「やめてください！　お願いだから……！　もうこれ以上、傷つけないで……！」

必死になって男性を止め、私は何度も首を横に振る。

が、話せば話すほどマーフィー先生の怒りは増《ま》していき……それに応じて、男性も声を荒らげていった。

まさに負の連鎖としか言いようがない。

ど、どうしよう……!?

悪化の一途を辿る状況に早くも頭を抱え、私は目尻に涙を浮かべる。

――――と、ここで部屋の扉が開け放たれた。

「何の騒ぎだ？」

そう言って、中に足を踏み入れたのは――――私の父であり、帝国の希望であるリエート・ラスター・バレンシュタイン。

光に透けるような銀髪と真っ青な瞳を持つ彼は、腰に聖剣を差している。

そして、騎士のように鍛え抜かれた体でこちらへやってくると、無表情なまま周囲を見回した。

「魔法攻撃を受けたと聞いたが、これは一体どういう状況だ？　何故――――貴様が我が娘の顎を掴んでいる？」

心做《こころな》しかいつもより低い声で問い質す父に、マーフィー先生はハッとしたように息を呑んだ。

『しまった！』とでも言うように頬を引き攣らせ、彼女は慌てて手を引っ込める。

「こ、これは……えっと……そう！　ベアトリスお嬢様が魔法を使った犯人だったので、お灸を据えようと思いまして！」

必死に表情を取り繕いながら、マーフィー先生は何とかこの場を切り抜けようとする。

――――だが、しかし……父はそれを良しとしなかった。

「何故、貴様がお灸を据える必要がある？」

「えっ？　それは……家庭教師、ですし……」

「たかが教師に、そんな権限を与えた覚えはないが？」

「っ……！」

『明らかな越権行為だ』と言われ、マーフィー先生はビクッと肩を震わせた。

真っ青な顔で俯くマーフィー先生を前に、黒髪の男性はニヤニヤと笑う。

「よしよし、計画通り……ってのはさすがに嘘だけど、運が向いてきたのは事実だな！」

『ナイス、公爵様～！』と囃《はや》し立て、黒髪の男性はこちらへ身を乗り出した。

かと思えば、真っ黒な瞳をスッと細めた。

「俺が昨日言ったこと、覚えているか？」

酷く穏やかな声でそう言い、黒髪の男性は少しばかり身を屈める。

「公爵様はな、本当にお前のことを愛しているんだ。俺が保証する。だから――――」

そこで一度言葉を切ると、男性は父の方を振り返った。

「――――ここで全部ぶち撒けちまえ！　あの女にやられたこと、言われたこと、嫌だったこと一つ残らず！」

力強い口調で対話を勧める男性に、私は目を見開いた。

お父様に全部話す……？　それで何か変わるの？

マーフィー先生にもっと怒られるだけじゃない？

それどころか、お父様にもっと〝幻滅〟される可能性だって……。

マーフィー先生の口癖がまるで呪いのように付き纏《まと》い、私を苦しめる。

だから、どうしても勇気が出なかった。

「ベアトリス・レーツェル・バレンシュタイン！」

黒髪の男性は突然フルネームで私を呼び、顔を覗き込んでくる。

「お前はいつまで——親不孝を続けるつもりだ!?」

「!?」

「お前の現状を明かさないこと、気持ちがすれ違っていること、自分の殻に閉じこもること……これらは全て、公爵様の望んでいることじゃない！」

真剣な声色で言い切り、黒髪の男性は目を吊り上げた。

「お前は『公爵様に愛されていない』と頑なに信じ込んでいる様子だが、現状を見てもそう言い切れるのか!? だって、公爵様はお前の書斎で騒ぎが起きたと聞いて、駆けつけてきたんだぞ!? しかも、お前に危害を加えようとしたあの女に怒っている！ これだけの愛情を示してもらって、まだ尻込みしているのか!?」

マーフィー先生と話し込んでいる父を指さし、彼は『卑屈になるのもいい加減にしろよ！』と怒鳴る。

今までこんな風に……私のためを思って叱ってくれた人はいなかったため、少し驚いてしまった。

言われてみれば、そうだ……安全確認や現場の調査など騎士に任せればいいのに、お父様は駆けつけてくれた。

当主の仕事で忙しい中……。

それに私を虐げるマーフィー先生を褒めるのではなく、怒ってくれた。

いつも淡々としているのに今だけ声を荒らげている父に、私は微かな希望を抱く。

もし……もし、本当にお父様が私を愛してくれているのなら、少しだけ縋《すが》ってみてもいいだろうか。

『苦しい』と弱音を吐いても、いいだろうか。

『助けて』と泣き叫んでも、いいだろうか。

クシャリと顔を歪める私は、震えながらも手を伸ばした。

「お、お父様……私――」

嗚咽《おえつ》を漏らしながら父の袖を引き、私はキュッと唇に力を入れる。

視界の端に焦ったような表情を浮かべるマーフィー先生の姿が映ったが……不思議と気にならなかった。

私は別に彼女を責めたい訳じゃなくて、ただ確かめたかっただけだから。父の気持ちを。

「――私、生まれてきて良かったですか……？」

「それは……どういう意味だ？」

どことなく表情を強ばらせ、父は強く手を握り締める。

何かを堪えるような仕草を見せる彼の傍で、マーフィー先生が血相を変えた。

「べ、ベアトリスお嬢様！　お待ちください！　それは……」

「――――貴様は黙っていろ」

地の底に響くような低い声で、父はマーフィー先生を威嚇した。

と同時に、先生は口を噤《つぐ》む。

カタカタと震えながら蹲《うずくま》り、こちらに縋るような目を向けた。

――――でも、私は止まらない。

「マーフィー先生や専属侍女のバネッサから、私は毎日……毎日、『お嬢様は奥様の腹を食い破って出てきた、卑しい子』だと言われてきました。それでお父様は私のことを恨んでいる、と。だから、一日も早く立派な淑女になってお父様にこれ以上幻滅されないように……」

『幻滅されないようにしないといけない』と続けるはずだった言葉は――――壁の破壊音によって、掻き消された。

パラパラと床に散らばる破片を他所《よそ》に、父は繰り出した拳をゆっくりと下げる。

壁に風穴を開けたというのに、手には擦り傷一つなかった。

「……なん、だと？」

半ば呆然とした様子で呟き、父は眉と口角を動かす。

いや、引き攣らせると言った方がいいかもしれない。

「ベアトリスが妻の腹を食い破って出てきた、卑しい子だと？　戯言《たわごと》は程々にしろ」

恐ろしく冷たい目でマーフィー先生を睨みつけ、父は聖剣に手を掛けた。

が、やはり抜けない。

何故なら、聖剣は神の力の破片を宿しているため、本当に必要なときにしか抜けない仕組みになっているのだ。

また、選ばれた者でないと触れることさえ出来ない。

それくらい、神聖で高潔な剣《つるぎ》なのである。

「――――抜けろ。さもなくば、へし折るぞ」

本気なのか冗談なのか分からないトーンでそう言い、父は強く剣を引っ張る。

でも、聖剣は頑として抜刀を許さず……ひたすら膠着《こうちゃく》状態が続く。

――――と思いきや、少しばかり剣身が見えてきて？

「おいおい、マジかよ……力技だけで、聖剣を抜こうとしてんだけど」

ずっと傍で様子を見守っていた黒髪の男性は、『光の公爵様、エゲつねぇ～』と声を漏らした。

感心とも呆れとも言える表情を浮かべる彼の前で、父は更に力を込める。

「我が妻の死を利用して、娘にこれほど惨《むご》い仕打ちをしたんだ。ただ殺すだけでは、足りない……この世から、完全に消滅させる」

消滅――――聖剣にのみ、許された権能。

これは簡単に言うと、物体や生物の存在を完全に消す能力のことだ。

通常は何をどう破壊しても破片や魂が残るものの、聖剣の権能を使用した際は跡形もなく消し去ることが出来る。

そ、そんな力を民間人に使うなんて絶対ダメ……！

何より、私のせいでお父様の手を汚すのは嫌！

「お、お父様……！」

どう説得するか考える前に話し掛けてしまい、私は今になってハッとする。

『どうしよう!?　何も考えてない！』と慌てる中、父はこちらに視線を向けた。

「ベアトリス、少し待っていなさい。汚物を処理してから、話を……」

「い、嫌です！　まずは私を――優先してください！」

反射的にとんでもないことを口走ってしまった私は、急いで口元を押さえる。

が、時すでに遅し……。

も、もう……！　私ったら、こんな子供っぽいことを……！

『まるで駄々を捏《こ》ねているみたいじゃない！』と恥ずかしくなり、私は頬を紅潮させる。

でも、さっきはこれしか思いつかなかったのだ。

『我ながらアホすぎる……』と悶えていると、父が聖剣から手を離した。

「そう、だな……優先すべきはベアトリスのケアだ。こんなやつに構っている暇はない」

納得したように頷き、父はパチンッと指を鳴らす。

その瞬間、どこからともなく騎士達が現れ、マーフィー先生を連行していった。

ついでに壁の穴も応急処置程度だが、塞いでくれている。

『な、なんという手際の良さ……』と感心する中、父は私の手を優しく握った。

「ここでは、なんだ。執務室で話そう。歩けるか？」

「は、はい……大丈夫です」

正直色んなことがありすぎて、腰を抜かしそうになるものの……私は何とか自分の足で立つ。

そして、父に連れられるままこの場を後にし、執務室へ足を運んだ。

バレンシュタイン公爵家の旗や紋章で飾られた室内を見回し、私は一先ず来客用のソファへ腰掛ける。

すると、父も向かい側へ腰を下ろした。

「まず、先に誤解を解いておきたい。私はベアトリスのことを、妻の腹を食い破って出てきた卑しい子だなんて思っていない。今までも、これからも愛おしい一人娘で妻の忘れ形見だ」

早口で捲《まく》し立てるように述べ、父は『どうか、あの女の言うことを真に受けないでほしい』と主張する。

少し不安そうに眉尻を下げながら。

「本当に心の底から、愛している。目に入れても痛くないくらいに」

懇願にも似た声色で言い募り、父はじっとこちらを見つめた。

『信じてくれ』と言葉や態度で訴え掛けてくる彼を前に、私は――――肩から力を抜く。

今までずっと、何かに追われるように……急き立てられるように生きてきたからか、本当の意味で安心出来る場所を見つけてホッとしてしまった。

もう一人じゃないんだ、と……気を張っている必要はないんだ、と悟り涙腺が緩む。

「ベアトリス……！」

勢いよく席を立ち、父はなんだか焦った様子で駆け寄ってきた。

かと思えば、床に膝を突く。

「嗚呼……泣かせてしまって、すまない」

見ているこっちが辛くなるほど顔を歪め、父はそっと私の目元を拭った。

――――と、ここでようやく私は泣いていることを自覚する。

「お、お父様これは違って……その、嬉し泣きです。ずっとお父様に恨まれていると思っていたから……」

『本当の気持ちを聞けて良かった』と言い、私は表情を和らげた。

すると、父はどこか複雑な表情を浮かべる。

「もっと話す機会を作っておくべきだった……そしたら、こんなすれ違いは起きなかったはずだ」

少なからず責任を感じているのか、父は『すまない』と何度も謝った。

立ち膝の状態で、私のことを抱き締めながら。

――そして、私達はこれまで離れていた年月を取り戻すかのように、ひたすらずっと一緒にいた。

◇◆◇◆《リエート side》

すっかり深い眠りに落ちてしまった愛娘を抱き上げ、私は彼女の自室へ向かう。

さすがにソファで寝かせるのは、忍びなくて。

『ちゃんとしたベッドで寝かせなくては』と思いつつ、人の気配が全くない廊下を進んだ。

屋敷の者達は取り調べのため、ホールに集めている。

直に我が娘を虐げた者達が、判明することだろう。

「ベアトリスには、要らぬ苦労を掛けてしまったな……本来であれば、ここで楽しく過ごせるはずだったのに。愚か者共のせいで、こんな……」

泣きじゃくっていた娘の姿を思い出し、私は胸を痛める。

と同時に、大きく息を吐いた。

「でも、一番の愚か者は――そんな奴らに踊らされた、私だな」

自嘲気味に吐き捨て、私はベアトリスの寝顔を見つめた。

どうして、私はあのときベアトリスを遠ざける選択肢を取ったのだろう？

何故、『私のことを怖がっている』と決めつけたんだ……本人にそう言われた訳じゃないのに。

私を見て怯えるようになった五年前のベアトリスを思い出し、そっと眉尻を下げる。

最初は二歳になって自我や本能が芽生え始め、私のことを避けているのかと考えていた。

でも、真相は全く違って……使用人達から心ない言葉を投げ掛けられ、怯えていただけ――私に幻滅されないように。

「別に特別なことをしなくても、私はただベアトリスが幸せになってくれればそれでいいのに」

『立派な人間になってほしい』とか、『偉業を成し遂げてほしい』とか、そんなことは微塵も考えてなかった。

何よりも重要なのは、娘の生存と幸せ。

そのためなら、何を犠牲にしたっていい。

英雄にあるまじき思想を掲げ、私はスッと目を細めた。

安心し切って私に身を委ねてくる娘を眺め、『同じ轍《てつ》は踏まない』と強く誓う。

「これからはもっと言葉やスキンシップを交わして、付け入る隙を与えないようにしなければ」

『手始めに食事を一緒に摂るようにするか』と考えながら、私は不意に足を止めた。

数年ぶりに見る白い扉を前に、私は風魔法を発動する。

そして、音を立てないよう慎重に扉を開けた。

と同時に、絶句する。

何故なら、月明かりに照らされた部屋は――到底、貴族の使うようなものじゃなかったから。

一見、普通の部屋に見えるが……公爵令嬢の部屋と考えると、実に質素だ。

それに掃除も隅々まで行き届いているとは、言い難い……よく見れば、埃が溜まっている。

棚の上や部屋の隅をじっくり観察し、私は『舐めた真似を……』と吐き捨てる。

未だ嘗《かつ》て、これほど腹を立てたことはない。

必要最低限のものしかない室内を一瞥し、私は直ぐさま踵《きびす》を返した。

娘にこんな部屋を使わせたくなくて……。

今日は一日、客室に寝かせるか？　いや、それだと他人扱いみたいで嫌だな。

せっかく誤解も解けて心を通わせられたのだから、『私達は家族なんだ』と言葉や態度で示したい。

「……私の寝室に連れていくか」

『あそこなら、客室より安全だし』と結論を出し、私は目的地を変更した。

どうせ、今日は徹夜になるだろうから一晩ベッドを貸しても問題ない。

『むしろ、ずっといてほしいくらいだ』と思いつつ、私は寝室へ足を運んだ。

大人三人は寝られそうな大きなベッドへ娘を下ろし、そっとブランケットを掛ける。

「ん……ぉと、さま……」

私の夢でも見ているのか、ベアトリスは可愛らしい寝言を零した。

心做しか、表情も柔らかい。

「……仕事は後回しでもいいか」

「────いや、全然良くないです」

聞き覚えのある声が鼓膜を揺らし、私はふと後ろを振り返る。

すると、そこには――――私の右腕であり、公爵家の秘書官でもあるユリウス・ハンク・カーソンの姿があった。

呆れた様子でこちらを見つめる彼は、執務室へ繋がる扉に寄り掛かっている。

「どこぞの馬鹿達のおかげで超忙しいんですから、しっかり働いてください」

ヒラヒラと手に持った書類を揺らし、ユリウスは大きく息を吐く。

『また徹夜ですよ～』と嘆く彼の前で、私は棚の上にあったペーパーナイフを手に取る。

「……分かった――――が、その前に貴様の目をくり抜かせろ」

「えっ？」

『何で？』とでも言うように目を剝き、ユリウスは頬を引き攣らせる。

一歩、二歩と後退る彼を前に、私は前へ進んだ。

「ベアトリスの寝顔、見ただろ？」

「い、いやこれは不可抗力ですよ……！　誰も公爵様の寝室に、お嬢様がいるなんて思いませんって！」

「だとしても、嫁入り前の娘に失礼だと思わないか？」

「あっ、結婚させる気はあったんですね」

『嫁入り前』という言葉に反応し、ユリウスはまじまじとこちらを見つめる。

エメラルドを彷彿とさせる緑の瞳は、キョトンとしていた。

「……娘が結婚だと?」

「すみません。何でもありません。忘れてください」

『失言でした』と謝罪し、ユリウスは何度も頭を下げる。

その際、短く切り揃えられた緑髪がサラリと揺れた。

「と、とりあえず執務室に行きませんか? ここだと、お嬢様を起こしてしまうかもしれませんし……」

『せっかく熟睡しているのに可哀想~』と述べ、ユリウスは半ば逃げるように隣室へ引っ込む。

そのあとを追い掛けるように、私も寝室を後にした。

『後でベアトリスの様子を見に行こう』と考えながら扉を閉め、椅子に腰掛ける。

執務机の上に並べられた書類の山を一瞥し、前に立つユリウスを見つめた。

「それで、実《み》はどこまで腐っていた?」

バレンシュタイン公爵家を果実に置き換え、私は家庭教師に同調していた奴らの存在を問い掛けた。

すると、ユリウスは直ぐさま表情を引き締め、手に持った書類をこちらに見せる。

「騎士団《皮》の方は無事でしたが、使用人《中身》はほぼダメになっていましたね。お嬢様《種》を害していない者も一定数いましたが、全員この事態は把握していたようです」

「つまり知っていて無視してきた、と？」

「はい」

間髪容れずに頷いたユリウスに、私はハッと乾いた笑みを零す。

守るべき存在を放置して、のうのうと過ごしてきた奴らに言いようのない怒りと落胆を覚えて……。

守る……とまでは行かずとも、こっそり私に教えてくれれば対処出来たのに。

結果論に過ぎないとしても、どうしても考えてしまい……クシャリと顔を歪めた。

『一番の原因は私の怠慢と勇気のなさだというのに』と自責しつつ、天井を仰ぎ見る。

「はぁ……先導していたのは？」

「主に古株の者達です。奥様を甚《いた》く尊敬するあまり、お嬢様を逆恨みしていたらしく……」

「妻の想いを踏みにじっておいて尊敬、か……実に都合のいい言葉だな」

『そう言えば、許されると思っているのか？』と零し、私は強く手を握り締めた。

屈辱でしかない現状を憂う中、ユリウスは言葉を続ける。

「それで、他の……無視を貫いてきた者達についてですが、彼らの動機は主に二種類ですね。トラブルに巻き込まれたくなかった派と──」

「──ベアトリスに割り当てた予算を使い込んでいた派、だろ」

先に答えを言うと、ユリウスは驚いたように息を呑んだ。

「ご存じでしたか」

「ああ。なんせ、ベアトリスの部屋には――――玩具一つなかったからな」

報告に上がっていたクマのぬいぐるみや絵本の類いは一切なく……全体的にがらんとしていた。

『まるで宿のような……生活感のない部屋だった』と語る私に、ユリウスは眉尻を下げる。

「遊び盛りの子供から、何もかも取り上げていたんですね……」

『さぞお辛かったでしょう』と零し、ユリウスは寝室へ繋がる扉を見つめた。

きっと、ベアトリスのことを哀れんでいるのだろう。

「……それで、処理はどうなさいますか？」

ふとこちらに視線を戻したユリウスは、神妙な面持ちで問い掛けてきた。

わざわざ、聞かずとも分かっているだろうに。

「腐った部分は全部斬り捨てろ」

「畏まりました。では、使用人は総入れ替えということで」

普段なら仕事を増やす度グチグチ文句を言うユリウスも、今回ばかりは腹を立てているようで
……あっさり面倒事を引き受ける。

『処罰の詳細はまた後日、話し合いましょう』と述べる彼に、私は小さく頷いた。

と同時に、あることを思い出す。

「そういえば――――結局、家庭教師の髪を切り落としたのは誰だったんだ？　魔法による攻撃を

受けただの、なんだのと騒いでいたが」

「さあ？　一応調べてはいるのですが、特に進展はないんですよね」

『自ら散髪したのでは？』と冗談交じりに言い、ユリウスは小さく肩を竦めた。

どうやら、完全にお手上げ状態らしい。

バレンシュタイン公爵家の周辺には、強力な結界を張っている。

よって、外部から魔法攻撃を行うのは不可能……。

内部の犯行と見るのが妥当だが、ベアトリスではなく家庭教師を狙ったのが引っ掛かる。

もしや、何者かがベアトリスを守ろうとしたのか？　それで、あんな騒ぎを？

だとしたら、辻褄は合うが……些《いささ》か強引すぎないか？

いや、守ってくれたのは有り難いが。

『あの騒ぎのおかげで、誤解も解けたことだし』と考え、私は一つ息を吐く。

「とりあえず、魔法の件は保留でいい。使用人達の取り調べを優先しろ」

「畏まりました」

恭しく頭《こうべ》を垂れて応じるユリウスに、私は『頼んだぞ』と言い、溜まった仕事を片付ける。

――――ベアトリスと過ごす時間を確保するために。

◇◆◇◆

なんだろう？　凄く温かい……それにフカフカ。

いつもと違う温度と感触に誘われ、私はフッと目を覚ます。

寝起きでぼんやりする視界の中、のそのそと起き上がり――――一気に覚醒した。

だって、ここは私の部屋じゃないから。

「こ、ここはどこなの……!?」

見るからに上等と分かるシーツと枕を眺め、私は困惑する。

――――と、ここで黒髪の男性が壁を通り抜けてきた。

「ここは公爵様の寝室」

「えっ？　何で……？」

「知らね。お前の部屋を見るなり、血相を変えてここに来たからさ」

『なんか気に食わなかったんじゃね？』と言い、彼は頭の後ろで腕を組んだ。

かと思えば、ズイッと顔を近づけてくる。

「おっし、顔色は良さそうだな。目はパンパンに腫れているけど」

「そ、それは言わないでよ……」

慌てて目元を手で隠し、私は少しばかり仰け反る。

幽霊みたいな存在とはいえ、異性の顔が直ぐそこにあるのは落ち着かないから。

『これでも、一応中身は十八歳なのよ……』と辟易しつつ、姿勢を正す。

と同時に、黒髪の男性を真っ直ぐ見据えた。

「あの、昨日のことなんだけど……本当にありがとう。貴方のおかげで勇気を出せたし、自分の間違いに気づけた」

親不孝だと罵られるのは精神的に辛かったが、あそこまで言われなければきっと私は変われなかった。

だから、彼の叱咤激励も全て受け止める。前へ進むために。

『もう生きていることを嘆かない』と胸に決め、私は唇に力を込める。

「逆行出来て、本当に良かった。お父様からの愛情を知らぬまま死んでいたのかと思うと、悲しくてしょうがないもの」

そっと胸元に手を添え、私は柔らかく微笑んだ。

と同時に、少しだけ身を乗り出す。

「まだ世界の滅亡とか、お父様の暴走とかはよく分からないけど……私、生きたいわ。それで幸せになりたい。だから、その……」

微かに頬を紅潮させながら俯き、私はギュッとスカートを握り締める。

『ちゃんと自分の口で言わなきゃ』と考えながら視線を上げ、真っ直ぐに前を見据えた。

「まだ昨日の発言が有効なら――――手伝ってほしい、生きるのを。自分で言うのもなんだけど、私ノロマで要領悪くて引っ込み思案だから……貴方のような人が一緒にいてくれると、安心だわ」

また早合点して大切な人を悲しませてしまう可能性があるため、私は素直に助けを乞うた。

『さすがにちょっと虫が良すぎるかしら？』と不安を覚える私の前で、彼は――――

「オーケー、オーケー！　全部任せろ！　俺はそのためにここまで来たんだからな！」

――――と、明るく笑う。

迷惑なんて微塵も思っていない様子で、顎を反らした。

かと思えば、親指で自身のことを示す。

「ってことで、まずは自己紹介！　俺は――――超天才魔導師のルカ！」

「わ、私はバレンシュタイン公爵家の一人娘ベアトリス・レーツェル・バレンシュタイン」

反射的に自分も名乗ると、黒髪の男性――――改めルカは満足そうに頷いた。

「ん。じゃあ、これからよろしくな！」

「ええ、こちらこそ」

ふわりと柔らかい笑みを零し、私は小さく頭を下げた。

本当は握手を交わしたいところなのだが……彼には触れられないから。

『でも、何故か魔法は使えるのよね』と疑問に思う中、ルカはスッと真剣な顔つきに変わる。

闇より黒く夜より暗い瞳に強い意志を宿し、じっとこちらを見つめた。

「じゃあ、さ……その……怖いかもしれないけど」

こちらの反応を窺いながら言い淀み、ルカは口元に手を当てる。

余程、言いづらいことなのだろう。

昨日、言っていたことかしら？　もし、そうなら……。

ギュッと胸元を握り締め、私は緊張で強ばる体に鞭を打つ。

今度は私が勇気を出す番よ、と言い聞かせながら。

「ルカ、未来で私を殺したのは第二皇子ジェラルド・ロッソ・ルーチェよ」

「!!」

まさか、こちらから口火を切るとは思ってなかったのか……それとも元凶の正体が予想外だったのか、ルカはハッと息を呑む。

「それ……マジか？」

「ええ」

「嘘だろ……」

現実から目を背けるように俯き、ルカは額に手を当てた。

が、直ぐさま体勢を立て直す。

「正直、ベアトリスを殺す意味が分からないが……」

「私を見ているとイライラするから、殺したそうよ。あと、皇位をもう手に入れたから用済みだとも……」

「だからって殺すか、普通……」

『馬鹿かよ』と吐き捨て、ルカは天井を仰ぎ見た。

かと思えば、大きな溜め息を零す。

「案外、感情的なやつなんだな。闇落ちした公爵様を宥《なだ》める件で協力した際は、冷静沈着に見えたんだけど」

「えっ？　会っ、たの……？　ジェラルドに」

「ああ。と言っても、数回だけだけどな」

『公爵様の件で一番頭を悩ませていたのは、あいつだし』と言い、ルカは肩を竦める。

自業自得の結果を迎えていたジェラルドを嘲笑っているのか、表情はちょっと呆れ気味だった。

『あいつ、内心ビクビクしていただろうなぁ』と零す彼の前で、私は震える手を強く握り締める。

「じゃ、じゃあ……逆行の件はジェラルドも知っているの？」

もし、そうなら当然……私を警戒するはず。

もしかしたら、全てが明るみに出る前に何か手を打ってくるかもしれない。

前回の教訓として、殺しはしないだろうけど……脅迫とか、洗脳とか汚い手は使ってくると思う。

だって、ジェラルドは『イライラするから』という理由だけで人を殺せる異常者だから。

死の間際に見た冷たい眼差しを思い出し、私は竦み上がった。

不安を押し殺すように唇を噛み締める私の前で、ルカは膝を突く。

「大丈夫だ――あいつは知らない。協力者の二人は別にいる」

下から覗き込むようにしてこちらを見つめ、ルカは明るく笑った。

『だから、安心しろ』とでも言うように。

「それにたとえ、協力者が敵になったとしても――俺はお前の生存と幸せを優先する」

「えっ……？　い、いいの……？」

「ああ。俺の目的はあくまで、世界の滅亡を防ぐことだからな」

ハッキリとした優先順位を話し、ルカはおもむろに立ち上がった。

かと思えば、風魔法でブランケットをすくい上げる。

「とりあえず、話は分かった。こっちで対応するから、ベアトリスはさっさと寝ろ」

『まだ夜の十一時だぞ』と言い、ルカは横になるよう促す。

正直全く眠気なんてなかったが、反論出来る余地はなさそうで……私は言われた通り、寝転がった。

すると、上からブランケットを掛けられる。

「んじゃ、おやすみ。また明日な」

「え、ええ。おやすみなさい」

――という挨拶を交わしたのが、つい数時間前……私は華やかなドレスに身を包み、父と食卓を囲んでいた。

見たこともないような豪勢な料理を前に、私は困惑する。

きっと、これが貴族令嬢の日常なんだろうが……ずっとパンとスープだけで生きてきたため、どうも慣れなかった。

「お、お父様……」

「なんだ？」

「あの、自分で食べられます」

口元まで運ばれたサラダを前に、私は苦笑する。

こうも子供扱いされると、なんだか照れ臭くて。

『一応、中身は十八歳なのよね……』と悶々とする中、父は少し残念そうにフォークを下げた。

「そうか……」

「あっ、でもお父様に食べさせてもらった方が美味しく感じます」

「そうか」

思わずフォローを入れると、父は直ぐさまフォークを持ち直す。

再び差し出されたサラダを前に、私は素直に口を開いた。

そのままパクッとサラダを食べ、モグモグと咀嚼《そしゃく》する。

「ベアトリスは何をしていても、愛らしいな」

「公爵様、親バカも大概にしてください……」

堪らずといった様子で横から口を挟み、ユリウスは頭《かぶり》を振った。

かと思えば、こちらに目を向ける。

ユリウスとは前回も含めてあまり関わってこなかったから、よく知らないのよね。

ただ凄く優秀で、お父様に絶対的忠誠を誓っていることくらい……。

『彼も私の出生について、不満を持っているのだろうか』と不安を抱く中、ユリウスはニッコリと微笑んだ。

「ベアトリスお嬢様、後ほど新しい使用人の紹介と部屋の案内をいたしますので楽しみにしていてくださいね。あと、今日は商会を呼んでいますから欲しいものがあれば仰ってください」

拍子抜けするほど好意的に接してくるユリウスは、これでもかというほど愛想を振り撒く。

悪意や敵意など微塵も感じさせない穏やかな瞳を前に、私はホッと息を吐いた。

「ええ、ありがとう」

「いえいえ、仕事ですから」

「でも、私のせいで大変だったでしょう?」

『手間や時間が掛かったはずだ』と主張する私に、ユリウス――――ではなく、父が反応を示す。

「ベアトリスのせいではない。身の程を弁《わきま》えず、出しゃばった愚か者共のせいだ」

「そうですよ、お嬢様。それにこうなったのは、屋敷の管理を怠った我々のせいでもありますし」

『ある意味、自業自得です』と語るユリウスに、迷いはなかった。

「それより今日は本当に忙しくなりますから、しっかり食べて体力をつけてください」

――というユリウスの忠告は、実に正しかった。

だって、本当に目の回るような忙しさだから。

食後のティータイムが終わるなり、父の寝室の隣……新しい部屋へ連れて行かれた。

そこで可愛らしく飾り立てられた室内を案内され、唖然とする……暇もなく、即使用人の紹介へ。

昨日の今日で集めたとは思えないエリート揃いの人材に、私は一瞬目眩《めまい》を覚えた。

『皇城のお勤め経験がある方までいるの……?』と気後れするものの……こんなのまだ序の口。

「――バレンシュタイン公爵様、ご令嬢。本日はフィアンマ商会をご利用いただき、ありがとうございます。会長のジャーマ・フラム・フィアンマです」

荷馬車を引き連れて現れた茶髪の男性は、ニコニコと機嫌よく笑う。

と同時に、ホールへ運んできた商品を手で示した。

「ご令嬢のドレスや玩具をご所望とのことでしたので、我が商会にある女児向けアイテムを全て持ってきました。どうでしょう?」

「ドレスはあるだけくれ。ただ、既製品を着せるのは少し抵抗があるから、五十着ほど新しく仕立てるように」

「畏まりました! では、後日デザイナーをこちらに送りますね!」

「ああ。あと、玩具関係は全て寄越せ。宝石は――――」

当事者たる私を置いて、父はフィアンマ会長とあれこれ話し合う。

惜しまずお金を使っているからか、会長の機嫌はかなり良かった。

凄く活き活きしているように見える。

「あっ、最近はこういう商品もお子様に人気ですが、いかがでしょう?」

そう言って、フィアンマ会長は小瓶を差し出した。

ピンク色の液体が入ったソレを前に、父は腕を組む。

「これは……魔法薬か」

――――魔法薬。

魔法を込めて作られた薬の総称。

普通の薬草で作った薬より効力が強く、効果内容も幅広い。

作り手の力量や魔法属性にもよるが、一日だけ動物になれる変身薬とか、嗅覚を過敏にする強化薬とか作れるようだ。

ただ、物凄く高いけど……。

逆行前に何度か購入したことのある私は、『0がとにかく多い……』と嘆息する。

――――と、ここで父が僅かに身を乗り出した。

「それはどういう効果があるんだ?」

「簡単に言うと、声を変えられます。種類は様々で、しゃがれ声になったりよく通る声になったり……あっ、お年寄りのような声にもなりますよ」

「年寄り……順当に行けば、私は一生聞けない声だな」

『そこまで長生き出来ないだろうから』と呟き、父は顎に手を当てる。

と同時に、顔を上げた。

「それも貰おう」

「ありがとうございます！　ちなみに味はどちらになさいますか？　お子様でも飲みやすいよう、リンゴ味とブドウ味を用意していますが」

「どちらも頂く」

「畏まりました！」

グッと拳を握り締め、フィアンマ会長は満面の笑みを浮かべる。

気持ちいいほど商品を売り捌《さば》けて、幸せそうだ。

「このままだと、持ってきた商品全部お買い上げになりそうだなぁ」

いつの間にか横に立っていたルカは、呆れたような……感心したような表情を浮かべた。

『すげぇ～』と呟く彼を前に、私はただひたすら遠い目をする。

愛情の裏返しかと思うと、嬉しいけど……でも、ちょっと心臓に悪いわね。

自分のためだけに、ここまでの大金が動くんだから。

しかも、記念日でもない普通の日に。

『前回やった婚約式でも、ここまで使わなかった』と辟易する中、私はふとある商品に目を引かれた。

「……お父様みたい」

箱の上に置かれた白いクマのぬいぐるみへ手を伸ばし、私は表情を和らげる。

すると、こちらの様子に気づいた父が歩み寄ってきた。

「気に入ったか？」

無表情ながらもどことなく穏やかな雰囲気を漂わせ、父は私の頭を撫でる。

嘘を言う必要もないので素直に『はい』と頷くと、彼は目元を和らげた。

「そうか。なら――――このクマの独占権を貰うとしよう」

「えっ……？」

思わぬ発言に心底驚き、私はクマのぬいぐるみに触れたまま固まる。

『そんなこと出来るの？』と目を白黒させる中、父は後ろを振り返った。

「フィアンマ会長、このクマはまだどこにも売ってないか？」

「は、はい……なにせ、発売前の商品ですから。今日はご令嬢のために特別に持ってきたんです」

「そうか。なら、回収の必要はなさそうだな」

『手間が省けて良かった』とでも言うように頷き、父はおもむろに腕を組んだ。

「では、このクマの独占権をくれ」

「えっと……」

「無論、タダでとは言わない。快く応じてくれるなら、毎年十万ゴールド支払おう」

「そういうことでしたら、喜んで！」

ギュッと両手を握り締め、フィアンマ会長は即決した。

ホクホク顔で契約書を作成し、父と話を詰めていく。

当事者であるはずの私は、完全に蚊帳の外だった。

でも、このクマさんを独り占め出来るのはちょっと嬉しい。

抱っこ出来そうなサイズのぬいぐるみを見つめ、私はスッと目を細めた。

◇◆◇◆《ルカ side》

さてと、後始末にでも行くか。

幸せそうに笑う銀髪の少女から目を逸らし、俺は常時展開していた浮遊魔法を解いた。

その途端、俺の体は床をすり抜け、落下していき――――地下牢に行く着く。

と同時に、再び浮遊魔法を発動した。

ったく、この体は本当に不便だな。

魔法でサポートしないと、その場に留まることすら出来ないんだから。

まあ、こうして地下牢に楽々侵入出来たのは有り難いが。

『誰にも気づかれていないし』と考えつつ、俺は歩を進める。

――――ベアトリスの元家庭教師マーフィーに会いに行くため。

ただの平民で大した後ろ盾もないから、報復の恐れはないと思うが……念には念を入れておくべきだろう。

何より――――ガキに手を上げるような奴は、気に食わねぇ……。

眉間に皺を寄せる俺は、牢屋を一つ一つ確認しながら前へ進む。

途中何度か騎士とすれ違ったものの、気づかれることなく目的の人物に会えた。

手足を縛られ憔悴し切っている様子のマーフィーに、俺は冷めた目を向ける。

公爵様や騎士達にこってり絞られたのか、かなりボロボロだな。

ここまでキツくお灸を据えたってことは、もう二度とここから出す気がないのだろう。

だって、もし釈放する気があるなら多少なりとも身なりに気を遣うはずだから。

「なら、俺の出番はなさそうかも」

ここで一生管理してもらえるなら特に問題はないため、踵を返そうか迷う。

『本当は精神崩壊状態に追い込もうとしていたんだけどなぁ』と肩を竦め、腰に手を当てた。

――と、ここでマーフィーがブツブツと何か呟く。

なんだ？　上手く聞き取れなかったな。

何の気なしに身を屈め、俺はマーフィーの口元に耳を寄せた。

すると、

「あの卑しい者のせいで……あの卑しい者のせいで……あの卑しい者のせいで……あの卑しい者のせいで……あの卑しい者のせいで……」

と、逆恨みするマーフィーの声が聞こえた。

あまりにも理不尽な……常軌を逸しているとしか思えない言い分を振り翳《かざ》す彼女に、俺は怒りを覚える。

『こうなったのは、お前のせいだろ』と毒づきながら。

「やっぱ、こいつにはもっと痛い目を見せるべきだな」

『今のままじゃ、全然足りない』と吐き捨て、俺はおもむろに手を翳した。
感情に流されるまま魔法を行使し、まず周囲に結界を張る。
と言っても、攻撃や侵入を防ぐものではなくただ音を遮断するだけ。
『騒がれたら、面倒だからな』と思いつつ、俺は両腕を組んだ。
そして、自分に課せられた制限を考えながら、どのように痛めつけるか決める。
「物理は公爵様に任せて――俺は精神をすり減らすとするか」
そう言うが早いか、俺は魔法で風を作り出した。
ヒューヒューと笛のような音を響かせ、少しばかり出力を絞る。
『もっと人間の声に近い音階へ……』と試行錯誤する中、
「ひっ……!?　何!?」
と、マーフィーが身を強ばらせた。
キョロキョロと辺りを見回し、震え上がる彼女は両腕を強く握り締める。
よしよし、いい感じに怖がっているな。
しめしめと頬を緩め、俺は更に風を操った。
そして、ようやく――
『己の……非を……認め……られぬ……愚か者、よ……死を……もって……償え……』
――と、人間の言葉を発することが出来る。

声色が無機質になってしまったため、人間味はないものの……それが逆に恐怖心を駆り立てたらしく、マーフィーは頭を抱えて蹲った。

「嗚呼……！　違うんです、神様……！　私は……！」

いい感じに声の主を勘違いし、マーフィーは一心不乱に首を横に振る。

「申し訳ございません……！　申し訳ございません……！　申し訳ございません……！」

まるで念仏のように謝罪の言葉を繰り返し、マーフィーはガンガンと勢いよく頭を床に打ち付けた。

単なる土下座では、許しを貰えないと判断したのだろう。

もしくは、錯乱状態に陥ったか……。

「私が間違っておりました……！　奥様を敬愛するあまり、あのような蛮行を……！　お許しください！」

『許しを……乞う……相手が……違う……だが……貴様の……気持ちは……分かった……』

さすがにこれ以上追い詰めると、本当に精神を病みそうなのでここら辺で手打ちとする。

無論、マーフィーの態度によっては更にお灸を据えることになるが。

『まあ、当分の間は反省するだろ』と結論づけ、俺は再び風を動かす。

『今後の……行いに……期待……しよう……ただし……次は……ない……』

「はい……はい！　必ず心を入れ替えます！　公爵様の罰も全て受け入れ、一生をかけてベアトリスお嬢様に償います！」

首振り人形の如くコクコクと頷くマーフィーに、俺は一つ息を吐く。

『最初から、そのくらい従順でいろよ』と呆れながら。

「変なところでプライドを保とうとするから、こうなるんだっつーの」

溜め息交じりにそう零し、俺はパチンッと指を鳴らした。

その瞬間、マーフィーは気絶し、周囲に張った結界も解ける。

『とりあえず、これで後処理は完璧だな』と肩の力を抜き、俺は踵を返した。

そして、ベアトリスの警護に戻ろうと浮遊魔法の効力を強める中――――

「何者だ……!?」

――曲がり角から、オレンジ髪の青年が飛び出してくる。

青の騎士服を身に纏う彼は、剣先をこちらに突きつけた。

それも、俺の喉元を正確に。

まさか、俺が見えているのか……？　いや、そんなはず……！

困惑気味に目を白黒させ、俺は数歩後ろに下がる。

そんなことをしなくても、体質上怪我をすることはないのだが……恐れが先に出た。

『一体、こいつは何者なんだ？』と警戒する俺の前で、青年はパチパチと瞬きを繰り返す。

「あ、あれ……？　おかしいな。さっき、確かに妙な気配を感じたんだけど……」

『俺の気のせい?』と首を傾げ、サンストーンの瞳に困惑を滲ませた。

かと思えば、引き抜いた剣を鞘に収め、キョロキョロと辺りを見回す。

なんだ、ただの野生の勘か。

『ビビって損した〜』と肩の力を抜き、俺は一つ息を吐く。

「極稀にめちゃくちゃ勘の鋭いやつが、いるんだよなぁ……まあ、ここまでハッキリと俺の存在を認知出来たのは、こいつが初めてだけど」

『抜刀するくらいだから、かなり確信を持っていたはず』と推測し、俺は小さく頭《かぶり》を振った。

こいつには、極力近づかないでおこう。

今回はたまたまと割り切れても、何度か気配を感じ取ればおかしいと思うはず。

────と判断し、疎遠を決意したのだが……。

「本日付けでベアトリスお嬢様の護衛騎士に任命されました、イージス・ブリッツ・モントです!よろしくお願いします!」

俺の思惑とは裏腹に、例の騎士が姿を現した。

とても、人懐っこい笑みを浮かべながら。

また使用人に虐げられるような事態を防ぐため、こういう手段に出たのか。

まあ、確かに公爵家の騎士は優秀だし、忠誠心の厚い奴ばかりだから信用出来る。

けど、何でよりによってこいつなんだ……。

逆行してから僅か十日で高い壁にぶち当たり、俺は頭を抱え込む。

『前途多難にも程があるだろ……』と項垂《うなだ》れていると、ベアトリスはおもむろに席を立った。

新しく宛てがわれた部屋でイージスと向かい合い、柔らかい笑みを浮かべる。

「こちらこそ、よろしくね。仲良くしてくれると、嬉しいわ」

「はい！」

大きく頷いて返事するイージスは、キラキラと目を輝かせた。

『お嬢様の護衛騎士になれて光栄です！』と声を張り上げ、浮き立つ。

まるで犬のように落ち着きのない彼に、ベアトリスは頬を緩めた。

きっと比較的年の近いやつが現れて、喜んでいるのだろう。

と言っても、五歳以上離れているが。

でも、他の騎士に比べたら若い方だし、見るからに社交的……というか、人懐っこいので仲良く出来るだろう。

問題は――――

「あの、お嬢様。つかぬ事をお聞きしますが、他に誰かいます？　なんか、妙な気配を感じるんですが……」

――――この勘の良さだよな……。

大きく息を吐いて項垂れる俺は、すっかり途方に暮れる。

『なんか、この前感じたやつと似ているなぁ』と零すイージスを見ながら。

「悪い、ベアトリス……何とか誤魔化してくれ。多分、その妙な気配って俺のことだ」

「えっ!?」

ギョッとしたように目を見開くベアトリスは、俺とイージスを交互に見やり困惑する。

が、何とか平静を保った。

『頑張らなきゃ！』と己を奮い立たせ、ギュッと手を握り締める。

「えーっと……き、気のせいじゃないかしら？」

「恐らく、違います。今だって、そっちから凄い気配が……」

俺の方をチラリと見て、イージスは剣の柄に手を掛ける。

と同時に、一歩前へ出た。

何かあっても、直ぐにベアトリスを庇えるよう近づいたのだろう。

仕事熱心で何よりだが、警戒される側としてはちょっと複雑だ。

『俺はベアトリスの味方なんだよ……』と項垂れる中、彼女は必死に知恵を絞る。

「う、う〜ん……あっ、そうだわ！　それって、我が家を守っている幽霊じゃないかしら!?　ほら、ウチの屋敷って修繕こそしているけど、結構古いでしょう!?」

『幽霊の一つや二つ居着いていてもおかしくない！』と主張するベアトリスに、俺は肩を落とす。

いや、いくらなんでもそんな言葉で誤魔化せる訳……

「なるほど！　そういうことでしたか！」

あったわ。全然誤魔化せたわ。

単純としか言いようがないイージスに、俺は遠い目をした。

『こんなにあっさり解決していいのかよ……』と拍子抜けし、一つ息を吐く。

――――と、ここでイージスが騎士の礼を取った。俺に対して。

「公爵家に住まう幽霊様、先日は大変失礼しました！　これから、よろしくお願いします！」

害はないと判断したのか、イージスは警戒を解き元気よく挨拶した。

無邪気に笑う彼の前で、ベアトリスはホッとしたように肩の力を抜く。

「えっと……とりあえず、お茶にしましょう。イージス卿のことをもっと教えてちょうだい。せっかくだから、仲良くなりたいの」

早く幽霊の話題から離れたいようで、ベアトリスはベランダへ俺達を促した。

◇◆◇◆

イージス卿を護衛騎士に迎えてから、二ヶ月ほど経過した頃――――私はある問題に頭を悩ませていた。

「ど、どうしよう……？　もうすぐ――――ジェラルドからの接触があるわ」

自室のソファに深く腰掛け、私はギュッと胸元を握り締める。

ここには私とルカ以外誰もいないため、不安と恐怖を存分に吐き出した。

「そんなの無視すれば、いいんじゃねぇーの？」

「それは無理よ。だって、ジェラルドは——直接屋敷にやってくるんだから」

訪問そのものを無視することは出来ない。何かしらの対応が必要になるわ。

前回の記憶を呼び起こしつつ、私は白いクマのぬいぐるみを抱き締める。

こうすると、少し落ち着くから。

「直接屋敷に、ねぇ……来ても、公爵様に追い返されそうだけど」

『男なら尚更』と言い、ルカは小さく肩を竦めた。

何故そこまで警戒するのか、分からないのだろう。

「残念だけど、お父様は頼れないの……」

「何で？」

心底不思議そうに首を傾げるルカに対し、私はそっと眉尻を下げる。

「実はそのとき——お父様は遠征中なの。だから、屋敷にいなくて……前回は私自ら対応することになって屋敷に招き入れた、という経緯があるわ」

「なるほど」

納得したように頷くルカは、どこかスッキリした様子でこちらを見つめた。

「ベアトリスが何で第二皇子と恋に落ちたのか……出会いは何だったのかずっと疑問だったけど、そういうことか」

「え、ええ……まあ、そうね。前回はその訪問を機に、仲良くなって婚約したから」

意図せず過去の恋愛事情を話すことになり、私は少し口籠る。

危険人物にまんまと騙されて、殺されたことを思うと……なんだか、情けなくて。

『我ながら、危機管理能力が低すぎる……』と猛省していると、ルカが身を乗り出してきた。

「つまり、第二皇子と接触しないようにしたいんだな？」

「ええ、出来れば」

まだ子供とはいえ、自分を殺した人物と会うのは勇気が要り……尻込みする。

『会わずに済むなら、それに越したことはない』と考える中、ルカはおもむろに身を起こした。

「分かった。何とかしてみる」

「えっ？　出来るの？」

「ああ。と言っても、実際に行動するのは俺じゃないけどな」

『見ての通り、今は幽霊だから』と肩を竦め、ルカはふと窓の外に視線を向ける。

「ほら、前にも言っただろ？　逆行するに当たって、力を合わせた奴らがいるって。そのうちの一人に、第二皇子と関わりのある奴がいるんだ。だから、事情を話して頼めば何とかなると思う」

皇城のある方角をじっと見つめ、ルカはおもむろに前髪を掻き上げた。

かと思えば、窓辺にふよふよと近づいていく。

「てことで、ちょっくら行ってくるわ。直ぐに戻ってくるから、良い子にしとけよ～」

ヒラヒラと手を振って窓を通り抜けると、ルカはあっという間に飛んでいってしまった。

相変わらず行動が早い彼を前に、私は『い、行ってらっしゃい……』と呟く。

――――と、ここで部屋の扉をノックされた。

「ベアトリス、私だ」

お父様……！

声を聞いて直ぐに正体を見破った私は、慌ててソファから降りた。

白いクマのぬいぐるみを抱いたまま扉に駆け寄り、急いで開く。

すると、そこには案の定銀髪の美丈夫の姿があった。

「夜中に悪いな。少しいいか？　話がある」

「は、はい。どうぞ」

即座に父を招き入れ、私は一先ず来客用のソファに案内した。

『ありがとう』と言って腰を下ろす彼の前で、私も定位置に座る。

未だにお父様と二人きりになるのは、慣れないわね。

でも、こうして会いに来てくれるのは凄く嬉しい。

程よい距離感と浮き立つような高揚感に見舞われ、私は僅かに頬を緩めた。

『この時間がずっと続けばいいのに』と願う中、父はおもむろに足を組む。

「もう夜も遅いから、単刀直入に言おう――――明日から、遠征に行くことになった」

「えっ？」

衝撃のあまり固まる私は、まじまじと父の顔を見つめた。

前回の記憶から、そろそろかな？　とは思っていたけど、まさかこんな急に……。

もっと事前に教えてくれるものだと思っていたため、私は上手く状況を……いや、感情を呑み込めない。

『遠征に行ってしまったら、月単位で会えなくなる……』と嘆いていると、父がふと目を伏せた。

「本当はもっと早く伝えるべきだったんだが……ベアトリスに寂しい思いをさせてしまうのかと思うと、なかなか言い出せなかった。すまない」

「い、いえ……そんな……謝らないで……ください、い……」

努めて明るく振る舞い、私は胸の前で手を振る。

が、何故か父はショックを受けたような……驚いたような表情を浮かべていた。

よく分からない反応に戸惑っていると、彼は席を立ってこちらにやってくる。

そして――――私の目元を優しく撫でた。

そこでようやく、私は泣いていることに気づく。

ドレスに染み込んだ涙の跡を見つめ、僅かに目を見開いた。

嗚呼、そっか。

私――――寂しいんだ。

中身はもう大人なのに、こんなことで泣くなんて……情けない。

でも、マーフィー先生の一件からずっと傍にいてくれたお父様がどこかに行ってしまうのは凄く
凄く悲しい……。

『行かないで』と思ってしまう。

余計なことを口走ってしまいそうな唇に手を当て、私はそっと眉尻を下げた。

ひたすら自分の気持ちを押し殺す中、父に抱き締められる。

「すまない、ベアトリス……出来るだけ、早く帰ってくる。ただ、最近魔物の動きが活発でな……

例年より、時間を要するかもしれない」

「は、い……」

一番大事なのは父の安全のため、私は素直に首を縦に振った。

『早く帰ってきてほしい』という本音を隠す私の前で、父は優しく頭を撫でる。

「ユリウスを置いていくから、困ったことがあれば頼りなさい。あと、体調には充分気を遣うよう
に」

「おと、さまも……」

「ああ」

とても穏やかな声で答え、父はトントンと一定のリズムで私の背中を叩いた。

そのせいか、一気に睡魔がやってきて……私は抗い切れずに意識を手放す。

――――そして次に目を覚ました時には、父の姿がどこにもなかった。

「公爵様なら、今朝サンクチュエール騎士団を連れて遠征に行きましたよ！」

「そう……きちんとお見送りしたかったのだけど」

朝食のパンをちぎりながら、私は小さく肩を落とす。

前回に引き続き、今回も『行ってらっしゃい』と言えなかった。

せっかく、普通の親子関係に戻れたのに。

『寝過ごしちゃうなんて……』と項垂れる中、イージス卿はサンストーンの瞳をうんと細めた。

「お嬢様は本当に公爵様のことが大好きなんですね！」

「え、ええ……まあ、そうね」

改めて言うのはなんだか気恥ずかしくて、私は少し頬を紅潮させる。

――――と、ここで昨日から席を外していたルカが戻ってきた。

「あっ、この気配……あの幽霊様ですね！」

相も変わらず勘の鋭いイージス卿は、『おはようございます！』と元気よく挨拶する。

そんな彼を、ルカは面倒臭そうな目で見ていた。

「こいつ、マジで鬱陶しいな……何で気づくんだよ。本当に人間か？」

怪訝そうな表情《かお》でイージス卿を見つめ、ルカは大きく息を吐く。

と同時に、こちらを向いた。

「で、第二皇子の件なんだけど」

早速本題へ入ると、ルカはおもむろに前髪を掻き上げる。

「とりあえず、協力者に事情を話してきた。こっちに来られないよう……というか、城から出られないよう取り計らってくれるそうだ。だから、安心しろ」

『心配は要らない』と断言するルカに、私はホッと息を吐き出す。

目下の問題が片付いたことに心底安堵しながら、口パクで礼を言った。

さすがにイージス卿の前で、堂々と会話する訳にはいかなかったから。

「まあ、ここで大人しく公爵様の帰りでも待っとけよ」

――――というルカの言葉に頷き、私は二ヶ月ほど穏やかな日々を過ごした。

講義などの予定もなかったため、久々にのんびりお昼寝したりティータイムしたりと一人の時間を満喫出来たと思う。

と言っても、傍にはいつもルカやイージス卿がいたけど。

早く、お父様に会いたいな……。

つい先日届いた父からの手紙を眺め、私は一つ息を吐く。

いつもより広く見える自室を見回し、ソファの背もたれに寄り掛かった。

――――と、ここで部屋の扉をノックされる。

『昼食の準備が整ったのかしら?』と思いつつ入室の許可を出すと、扉の向こうからユリウスが姿を現した。

「ベアトリスお嬢様、失礼します」

そう言って優雅に一礼する彼は、珍しく焦った様子である。

『何があったんだろう?』と首を傾げる中、ユリウスは足早にこちらへ駆け寄ってきた。

「取り急ぎ、お伝えしたいことが……」

「何?」

まさか、討伐隊の方で何かあったのかしら?

『負傷』の二文字が脳裏を過ぎり、私は唇に力を入れた。

不安と恐怖でいっぱいになる私を前に、ユリウスは小さく深呼吸して口を開く。

「第二皇子ジェラルド・ロッソ・ルーチェ殿下が、来訪されました」

◇◆◇◆《ジェラルド side》

――――時は少し遡り、バレンシュタイン公爵家を訪れる前。

僕はとある人物に呼び出され、中庭のガゼボで顔を突き合わせていた。それも、連日連夜……。

おかげで、予定は狂いまくりだ。

せっかく公爵が遠征に行く話を聞きつけ、バレンシュタイン公爵家へ行こうと思っていたのに……そろそろ収穫時期だというのに、これでは身動きが取れない。

『チッ……！』と内心舌打ちしながら、僕は侍女の淹れた紅茶を見下ろす。

――――と、ここで向かい側の席に腰掛けていた青年が顔を上げた。

「おや？　飲まないのかい？　その茶葉は異国より取り寄せた一級品なのに」

長い指でティーカップの縁をなぞり、青年はアメジストの瞳をスッと細める。

ちょっとした動作にも気品を漂わせ、彼は中性的な……いや、女性的な顔立ちに笑みを貼り付けた。

「君のために用意したものなんだ。一口だけでも、飲んでくれると嬉しいんだけど」

白い肌によく映える金髪を靡《なび》かせ、青年はコテリと首を傾げる。

これでもかというほど『人たらし』の本領を発揮する彼に、僕は思わず眉を顰めた。

が、直ぐに取り繕う。

まだこちらの本心を悟られては、いけない。

僕には、大した後ろ盾もないのだから。

社交界でやっていくには、心許ない。

だから、強力な切り札であるバレンシュタイン公爵家を手に入れるまでは……ベアトリス嬢を抱き込むまでは、我慢しないと。

などと思いつつ、僕はティーカップを手に持った。

「ふふっ。僕としたことが、香りを楽しみ過ぎたみたいです。このままでは、冷めてしまいますよね」

『うっかり、うっかり』とおどけるように言い、僕はようやく紅茶に口をつける。

零れ出そうになる溜め息を押し殺し、何とか飲み込むと、無邪気に笑った。

「わぁ～！　とっても、美味しいです」

「それは良かったよ」

『後で茶葉ごとプレゼントするね』と述べ、彼は満足そうに目を細めた。

同じ男とは思えないほど色気を放つ彼の前で、僕は元気よくお礼を言う。

皇位を狙っている、と気づかれないように。

全く……いつまで、こんな茶番を繰り広げないといけないんだ。

まるでおままごとのような応酬に、僕は内心辟易していた。

『早く終わってくれ』と切実に願う中――侍女が中庭の迷路を潜り抜け、こちらへ駆け寄ってくる。

そして、青年に何やら耳打ちした。

「……分かった。直ぐに向かう」

珍しく神妙な面持ちで侍女を見つめ、青年は立ち上がる。

と同時に、こちらを向いた。

「悪いけど、ここで少し待っていてくれ。出来るだけ、早く戻ってくるから」

そう言うが早いか、青年は侍女を連れてどこかに行ってしまう。

あっという間に見えなくなった背中を前に、僕も席を立った。

そして、ティーカップを手に持ったまま花壇に近づくと、中身を掛ける。

「さてと――動くとしたら、今しかないな」

空になったティーカップをテーブルの上に戻し、僕は周囲を見回した。

誰もいないことをしっかり確認してから、ガゼボを離れる。

が、直ぐに誰か追い掛けてきた。

恐らく、あの男の手下だろう。

『ノーマークにするつもりはないってことか』と分析しつつ、僕はこっそり魔法を使う。

僕はまだか弱い第二皇子のままでいないといけないから、直接攻撃するのはダメだ。

とにかく姿をくらませて、あちらが見失ったことにするしかない。

非常に面倒臭い手だが、魔法を使えることはまだ内緒にしておきたいからしょうがない。

『能ある鷹は爪を隠すものだ』と自制しながら、僕は日の光を反射させた。

と同時に、遠くの茂みをわざと風で揺らす。

これで相手の気を逸らせたはず。

僕は『ジェラルド殿下！』と叫ぶ騎士を一瞥し、中庭から飛び出した。

戻ってきた時の言い訳を考えながら、城壁に到着する。

確か、この辺りに……あった。

胸辺りまである草を掻き分け、僕は抜け穴に頭を突っ込んだ。

しっかりと周囲の状況を確認し、急いで外に出る。

あとは公爵家へ行くための足を確保出来たら、上々なのだが……。

「まあ、そう都合よく馬車が通り掛かる訳ないか。仕方ない――魔法で飛んでいこう」

人目につかないルートを脳内で思い浮かべつつ、僕はふわりと宙に浮いた。

と言っても、数センチ程度だが。

『ここだと、まだ目立つからな』と思案する中、僕はバレンシュタイン公爵家のある方向を見つめる。

ベアトリス・レーツェル・バレンシュタイン……僕の踏み台であり、命綱。

待っていてくれ、必ず君を手に入れるから。

グッと手を握り締め、僕は目的地へ向かい――――公爵家の門を叩いた。

◇◆◇◆

「第二皇子ジェラルド・ロッソ・ルーチェ殿下が、来訪されました」

じぇ、ジェラルドが……？


予想と全く違う報告に、私はゆらゆらと瞳を揺らした。

遠征隊の悲報じゃなかったのは幸いだが、前回自分を殺した人物の来訪は……どう頑張っても、喜べない。

「どうやらお忍びで城下町に向かおうとしたところ、間違って公爵領行きの馬車へ乗ってしまったようで……城からの迎えを待つ間、ここに置いてほしいとのことです」

『恐らく、五時間程度の滞在になるかと』と述べるユリウスに、私は何も言えなかった。

ただただ震えて……下を向いているだけ。

貴族の模範解答としては、今すぐ招き入れておもてなしするべきなのに。

どうしても、屋敷へ……自分の領域へ入れたくなくて、口を噤んでしまった。

ど、どうしよう……？　どうするべき？　どうしたら、いいの？

たくさんの疑問や葛藤が脳裏に渦巻き、私は口元を押さえる。

今にも泣きそうになる私の前で、ルカは
「チッ……！　どういうことだよ……！　第二皇子はここに近づけさせないって、言っていただろうが……！」

と、苛立たしげに前髪を掻き上げた。

『話が違う！』と喚き立て、部屋の窓から正門を眺める。

と同時に、眉を顰めた。

どうやら、本当にここまでジェラルドが来ているらしい。

「ゆ、ユリウス……私……」

――行きたくない、と言っていいんだろうか。

公爵令嬢としての役目を放棄して、いいんだろうか。

子供みたいに駄々を捏ねて、いいんだろうか。

ギュッと胸元を握り締め、私は喉元まで出かかった言葉を呑み込む。

『やっぱり、ここは行くしか……』と思い悩んでいると――不意に手を握られた。

「ベアトリスお嬢様、ジェラルド殿下を――皇城まで送り届けてきてもいいですか？」

「えっ……？」

思わぬ言葉に目を剝き、私は反射的に顔を上げた。

すると、優しく笑うユリウスが目に入る。

「さすがに家主の居ぬ間に、他人を招き入れる訳にはいきませんからね」

「で、でも……相手は皇族でしょう……？」

「関係ありませんよ。だって、この屋敷の主は光の公爵様ですよ？　誰も文句は言えません。というか言わせません、公爵様が」

暗に『皇族より上の存在だ』と言ってのけたユリウスは、エメラルドの瞳をうんと細めた。

「それに公爵様はお嬢様のいる場所へ、他人を寄せ付けたがりません。異性ともなれば、尚更」

『うっかり恋にでも落ちたら、血の雨が降る』と身震いし、ユリウスは強く手を握る。

自分は嘘を言っていない、と証明するみたいに。

「一体、何故公爵様が屋敷の門を固く閉じていると思います？　一体、何故外部との接触を控えているると思います？　一体、何故お嬢様を外へ出さないようにしていると思います？」

「わ、分からないわ……」

お父様の胸の内を聞くまでは、出来損ないの私を恥ずかしくて外に出せないのかと思っていたけど……今はそうじゃないと確信している。

だからこそ、お父様の考えを理解出来ない。

この生活に不満などなかったため、特に深く考えたことはなかったが、改めて言われてみると不思議だ。

『お父様の狙いは何なんだろう?』と首を傾げる私に、ユリウスはクスリと笑みを漏らす。

「全部――お嬢様を守るためですよ」

「!!」

「だから、ここは絶対に安全な場所じゃないといけないんです。不純物は受け入れられません」

『勝手に招き入れたら、それこそ怒られます』と肩を竦め、ユリウスは腰を折った。

下から見上げるようにしてこちらを見つめ、背筋を伸ばす。

「では、もう一度質問しますね――ジェラルド殿下を皇城まで送り届けてきても、よろしいですか?」

とても穏やかな声で問い掛け、ユリウスは『ただ頷くだけでいいんですよ』と囁《ささや》く。

その優しさが……厚意が嬉しくて、私は胸がいっぱいになった。

い、いいのかな? 本当に追い返して……でも、ユリウスの言う通り、お父様の許可なく勝手なことは出来ないし……。

「ここは素直に甘えておけよ。中身はどうあれ、お前はまだ子供なんだから。目いっぱいワガママを言っていいんだ」

ユリウスの隣に立って腕を組むルカは、『いいから、頷いておけ』と促す。

それが最後の一押しとなり、私は大きく首を縦に振った。

「ええ、是非そうして」

「畏まりました」

恭しく頭《こうべ》を垂れて頷き、ユリウスはそっと手を離して立ち上がる。

そして素早く踵を返すものの、何かを思い出したかのように足を止めた。

と同時に、顔だけこちらを振り返る。

「あっ、手を握ったことは公爵様に言わないでくださいね！　首を切られちゃうので……もちろん、物理的に」

ブルリと震えて両腕を摩《さす》り、ユリウスは『絶対、秘密ですよ……！』と念を押す。

まるで小動物のような怯えように、私は目をぱちくり。

お父様はそんな事しないと思うけど……でも、ユリウスがそんなに怖がるなら言わないでおこう。

『別に報告しなきゃいけないことでもないし』と判断し、私は人差し指を唇に押し当てた。

「分かったわ。秘密にする」

「絶対厳守でお願いしますね……！　私、まだあの世に逝きたくないので！」

「え、ええ」

あまりの気迫に驚きながらも頷くと、ユリウスはホッとしたように肩の力を抜く。

『首の皮一枚で繋がった……』と呟き、今度こそ部屋を出ていった。

パタンと閉まる扉を前に、私は苦笑を漏らす。

「一体、どうしてユリウスはあんなにお父様を怖がっているのかしら？　凄く優しいのに」

「それはお嬢様限定ですよ！　公爵様は基本、ドライなので！　親切を働くことなんて、滅多にありません！」

『お嬢様が特別なんです！』と熱弁するイージス卿に、私は目を剝く。

自分が誰かの特別になれるなんて、思いもしなかったから。

逆行する前は……死ぬ前はジェラルドによく『君は特別だよ』と言われていたけど、そっか。

特別って、きっと言葉で表すものじゃなくて――――態度に出ちゃうものなんだわ。

と、自覚した瞬間――――ジェラルドの言葉がやけに薄っぺらく感じた。

『私の縋っていた愛情《特別》って……』と嘆息する中、ルカが窓辺へ足を運ぶ。

「おい、ユリウスが第二皇子と揉めているぞ」

ルカは窓ガラス越しにどこかを……恐らく正門の方を指さし、小さく舌打ちする。

『大人しく、帰れよ』とボヤく彼の後ろで、私は席を立った。

自分のせいで揉めているのかと思うと、居ても立ってもいられなくて……感情の赴くまま、窓辺に駆け寄る。

と同時に、背伸びした。

まだ身長が小さくて、外の景色をよく見られないから。

ほ、本当だ……なんか、押し問答している。

「どうして、ジェラルド……殿下は帰らないのかしら？」

後ろに控えるイージス卿を気にして一応敬称をつけると、私は小さく首を傾げる。

だって、帰るための手段は用意した。ユリウスのことだから、皇室への連絡だってしてあるはず。

これ以上、居座る理由はないだろう。

正門前に停まっている公爵家の馬車を見やり、私は『何が不満なの？』と零す。

すると、ルカが一つ息を吐いた。

「ったく……鈍いな。帰らない理由なんて、一つしかないだろ——お前と接触するためだよ」

「!?」

私に接触するため……？　じゃあ、ジェラルドはこんな小さい頃から皇位を狙っていたの……？

最終的に利用こそされたものの、最初は普通の関係だった、と……出会いは偶然だった、と思ってきた。

だって、帝都にいるはずの第二皇子が公爵領に現れるなんて、まず有り得ないから。

子供ともなれば、尚更。

『最初から、全部仕組まれたものだったの……？』と青ざめ、私は腰を抜かしそうになる。

それほど長く騙されていたのかと思うと、恐ろしくて。

一体、ジェラルドはどんな気持ちで好きでもない女の隣にいたのかしら……？

ジェラルド・ロッソ・ルーチェという人間が更に分からなくなり、私はそっと眉尻を下げた。

――――と、ここでルカが魔法を使う。

「あ――――……なるほど。『馬車を手配してくれたベアトリス嬢にお礼を言いたい』って、駄々を捏ねているみたいだな」

風魔法で音や声を拾ったのか、ルカはユリウスとジェラルドの会話を軽く説明してくれた。

『こりゃあ、引き下がる気なしだな』と呆れる彼の前で、私はじっと正門を眺める。

遠くであまり見えないからか、それとも殺された時の姿より幼いからか、ジェラルドを見てもあまり動揺しなかった。

もちろん、恐怖や不安はまだあるが。

「……ユリウス、大丈夫かしら？」

かれこれ十五分ほど話し込んでいる緑髪の青年を見つめ、私は少し心配になる。

だって、相手は平気で生き物を殺せる人間なんだから。

『さすがにここで暴れることはないと思うけど……』と考える中、ルカがふと眉を上げた。

「おっ？　来たな」

そう言って、ルカは右側の道路――――帝都に繋がる大通りを見る。

――――と、ここで金色に彩られた馬車が現れた。

かと思えば、公爵家の正門前で急停止する。

「えっ？　あれって、もしかして皇室の……？」

「ああ、お迎えが来たみたいだな」

『送ってやる手間が省けたな』と肩を竦め、ルカはニヤリと笑った。

「さあ、ガキはもう帰る時間だぞ」

ヒラヒラと手を振って見送るルカは、非常に悪い顔をしていた。

『これじゃあ、まるで悪党みたいね』と苦笑する中、例の馬車から人が降りてくる。

太陽に反射して光る金髪を靡かせながら、彼はジェラルドに駆け寄った。

そこで何やらユリウスと話し込み、ジェラルドを小脇に抱えると――――こちらにウィンクする。

「相変わらず、キザなやつだなぁ」

『うげぇ……』と顔を顰《しか》め、ルカはしっしっ！　と猫を追い払うような動作をした。

すると、男性は笑いながら肩を竦め、馬車に乗り込んでいく。

あ、あれ……？　もしかして、ルカのこと見えていた？

じゃあ、あの人が――――逆行やジェラルドの対応に手を貸してくれた、協力者？

鈍いながらも自分で結論を出し、私はルカに目を向けた。

真実を確かめたくてウズウズしている私に、彼は小さく笑う。

「多分、お前の予想通り」

察しのいいルカは『鈍ちんなりに頑張ったじゃん』と言い、腰に手を当てた。

「ま、詳しいことは本人から聞けよ。そう遠くない未来に、会えるはずだから」

『あっちも直接話したいだろうし』と述べ、ルカは猛スピードで帰っていく馬車を見送る。

「もう一人の方はもうちょい、時間掛かるだろうけど」

二人目の協力者についても軽く言及し、ルカはスッと目を細めた。

かと思えば、クルリと身を翻す。

「とりあえず一件落着ってことで、ゆっくり過ごそうぜ～」

頭の後ろで腕を組み、ルカはソファの方へ戻っていく。

『とんだ、茶番だったぜ』と述べる彼に、私は苦笑を漏らした。

――と、ここでジェラルドの対応に追われていたユリウスが部屋を訪れる。

水晶のような丸い玉を持って。

「あの、実はこれから公爵様に第二皇子の件を報告しないといけないのですが……お嬢様の方から、言っていただけませんか？　そうすれば、公爵様もあまり怒らない……はず」

丸い玉をギュッと抱き締め、ユリウスはどこか遠い目をする。

『いや、やっぱり怒るよなぁ……』とボヤきながら。

「それは構わないけど……どうやって、報告するの？　手紙？」

『それなら、レターセットを用意しないと』と考える私に、ユリウスは小さく首を横に振った。

「いえ、今回はこちらの魔道具を使います」

――――魔道具。

魔力をエネルギーにして動くモノの総称で、種類は様々。

恐らく、今回使用するのは遠く離れた場所でも声や情景を共有出来る魔道具と思われる。

昔……と言っても逆行前だけど、そういった魔道具があるらしいという噂を小耳に挟んだことがあるから。

「通信用魔道具はかなりの魔力を消費するため基本緊急事態の時しか使わないのですが、今回は皇室絡みなので」

『出来るだけ早く伝えた方がいい』と主張し、ユリウスはテーブルの上に魔道具を置いた。

かと思えば、そっと片手を翳す。

「私の魔力では、会話出来てもせいぜい二十～三十分程度なので簡潔にお願いします」

「わ、分かったわ。頑張る」

なんだか急に責任が重くなり、私は軽い気持ちで引き受けたことを後悔した。

が、ジェラルドを追い返すために尽力してくれたユリウスからの頼みなので叶えたい。

『簡潔に……簡潔に……』と自分に言い聞かせながら、私はじっと魔道具を見つめた。

――――と、ここで魔道具が仄《ほの》かな輝きを放つ。

「そろそろ、あちらに繋がります」

その言葉を合図に、水晶の色は変わり――――父の姿を映し出した。

騎士服を身に纏う父は、ちょっと返り血を浴びていて……いつもと雰囲気が違う。

でも、私の存在に気がつくなり慌ててローブを羽織った。

『ユリウス……ベアトリスも一緒にいるなら、早く言え』

いつもより低い声で文句を言い、父は頬についた返り血を拭いた。

『ベアトリスがショックを受けて倒れたら、どうする』

「そう思うなら、返り血くらいこまめに拭いてくださいよ。それより、報告があります」

通信時間が限られているからか、ユリウスは直ぐさま話題を変えた。

こちらを見て『どうぞ』と促してくる彼に、私はコクリと頷く。

えっと……簡潔に、よね。

グッと手を握り締め、私は水晶に映った父を真っ直ぐに見つめた。

「あの、お父様……」

『なんだ?』

「実は先ほど第二皇子のジェラルド殿下が、いらして……」

『……なんだと?』

不機嫌そうに眉を顰め、父はトントンと指で腕を叩いた。

『皇帝のやつ、まさか私の娘を狙って……』と怒る彼に、私は慌てて弁解する。

「えっと、お忍びで城下町に行こうとしたら間違って公爵領行きの馬車に乗っちゃったみたいです。それで帰りの馬車を待つ間、ウチに置いてほしい、と……」

『ふざけるな。追い返せ』

「あっ、はい。もう追い返しました。というか、皇室から人が来て第二皇子を回収して行きました」

もうここにはいないことを告げると、父は見るからに安堵した。

『そうか』と頷く彼の前で、ユリウスは口を開く。

「後日、改めて謝罪に伺うとのことです」

『……チッ』

不機嫌そうに眉を顰め、父は前髪を掻き上げた。

と同時に、ユリウスをじっと見つめる。

『ところで――――対応はお前一人で行ったんだよな？　娘を皇子に接触させたり……』

「してないです！　そこは絶対！　断固として！」

『ですよね!?』と同意を求めてくるユリウスに、私はコクコクと頷いた。

「ユリウスが矢面に立って、対処してくれました。私はただ、部屋から様子を見守っていただけで……」

『そうか。なら、いいんだ』

酷く穏やかな目でこちらを見つめ、父はほんの少しだけ表情を和らげる。

『今後も嫌なことや面倒なことは、ユリウスに丸投げしなさい』

「ちょっ……公爵様!?」

ギョッとしたように目を剝くユリウスに、父は睨みを利かせた。

かと思えば、おずおずといった様子でこちらを向く。

『それと――――第二皇子のことを見て、どう思った？』

「ど、どうとは……？」

『いや、その……なんだ。ベアトリスも、もうすぐデビュタントを迎える歳だから、異性に興味を持ったりするんじゃないかと……』

やけに言葉を濁して言い淀む父に、私はコテリと首を傾げる。

父の言わんとしていることが、理解出来なくて。

『つまり、どういうこと？』と思い悩んでいると、ユリウスが少しだけ顔を近づけてきた。

「公爵様は第二皇子に惚れていないか、不安なんですよ。可愛い娘を他の男に取られるなんて、堪ったものじゃありませんからね」

『一種の独占欲です』と冗談交じりに言い、ユリウスは小さく笑った。

な、なるほど……そういうことか。

確かにこれは質問しづらいかも……私も私で答えづらいし。

過去に一度、ジェラルドに惚れているだけに。

何とも言えない心境に陥りつつ、私はゆっくりと顔を上げる。

「あっ、えっと……恋とかは全然……ただ、その……馬車を手配したのに、第二皇子がなかなか帰ってくれなくて……ずっとハラハラしていました」

「あー……確かにしつこかったですね。お嬢様に是非お礼を言わせてほしいって、何度も食い下がってきて……もしかしたら、お嬢様に惚れているのかもしれませんね。な～んて、冗談……」

『――――直ぐに帰る』

ユリウスの発言に思うところがあったのか、父は食い気味に答えた。

『えっ？』と声を上げる私達の前で、彼は後ろを振り返る。

『今すぐ、帰り支度を始めろ』

『えっ!? ですが、まだ魔物の討伐が……』

『それは私の方でどうにかする。とにかく、今日中にここを発《た》つぞ』

サンクチュエール騎士団の方にそう宣言し、父は腰に差した聖剣へ手を伸ばした。

が、案の定聖剣は抜刀を拒否。

『いいから、抜けろ』

そう言うが早いか、父は無理やり聖剣を引き抜いた。

神々しいとすら感じる純白の剣身を前に、ユリウスはガクリと項垂れる。

「力ずくで抜いちゃったよ、この人……」

「公爵様、凄いですね！」

「もはや、人間じゃないだろ」

キラキラと目を輝かせるイージス卿と呆れたように頭《かぶり》を振るルカに、私は苦笑した。

――――と、ここで父がこちらを向く。

『明日の朝までには戻る。しっかり戸締りをして、待っていなさい』

「は、はい。どうか、お気をつけて」

完全に父のペースへ持っていかれ、私はただ頷くことしか出来なかった。

本当は止めるべきなんだろうけど、ユリウスの様子を見る限り無理そうだし……。

『もう勝手にしてくれ』と自暴自棄になる緑髪の青年を一瞥し、私は水晶に小さく手を振った。

すると、父も手を振り返してくれて……通信が切れる。

どうやら、ユリウスの魔力を使い果たしたみたいだ。

「はぁ……とりあえず、お出迎えの準備でもしておきます」

数ヶ月ぶりの帰還となると、色々手配しなくてはいけないようで……ユリウスはのそのそと立ち上がる。

『今日は徹夜だなぁ……』と嘆きながら水晶を持ち上げ、退室していった。

えっと……私も何かお手伝いした方がいいかしら？

でも、この場合は逆に邪魔になるかも……？

『ありがた迷惑』という言葉が脳裏を過ぎり、私は悶々とする。

その間にも、着実に時間は過ぎていき――――気づけば、ベッドの上だった。

どうやら、考え事の途中で眠ってしまったらしい。

『子供って、本当にどこでも寝るわね……』と苦笑しつつ、私は身を起こす。

と同時に、頭を撫でられた。

「もう起きたのか？　まだ眠っていてもいいぞ」

そう言って、ブランケットを掛け直すのは――――銀髪の美丈夫だった。

ベッドの脇に腰掛ける彼は優しい手つきで私を寝かせ、ポンポンとお腹を叩く。

寝かせつける気満々の彼の前で、私はパチパチと瞬きを繰り返した。

「お、お父様いつからそちらに……？」

「さっきだ」

「えっ？　じゃあ、もう朝に……？」

「いや、まだ深夜三時だ」

「あれ？　でも、朝に到着するって……」

「山を越えて来たから、予定より早く着いた」

深夜の山越えを苦とも思っていない様子の父に、私は絶句した。

いくら世間知らずの私でも、夜間の移動……それも登山などは危険だと知っているから。

「それでは、かなり疲れているのでは？　お父様こそ、お休みになった方が……」

「娘の顔を見ていれば、疲れなど吹き飛ぶ」

『全く問題ない』と言ってのけ、父はそっと私の目元を覆った。

早く寝なさい、とでも言うように。

お父様の手、ひんやりしていて気持ちいい。

スッと目を細める私は、眠気に誘われるまま意識を手放した。

――――そして再び目を覚ますと、もうそこに父の姿はなくて……ちょっとだけ、ガッカリする。

でも、ずっと寝顔を見られるよりかはマシかと思い、気持ちを切り替えた。

とりあえず、身支度を済ませなきゃ。

と思い立ち、侍女を呼んで黄色のドレスに着替える。

ついでに髪も結ってもらい、いつもより少し豪華なアクセサリーを身に着けた。

『お父様と久々の食事だから』と気合いを入れ、私は食堂へ向かう。

その途中、遠征帰りの騎士と何度かすれ違い、挨拶を交わした。

皆、疲れ切った顔をしていたわね……まあ、予定より早く帰ってこられて良かったと口を揃えて言っていたけど。

やっぱり、住み慣れた土地を離れるのは嫌みたい。

『寂しくなっちゃうものね』と思いつつ、私は食堂へ足を踏み入れた。

と同時に、絶句する。

だって――――昨日出会ったあの人が、食卓にいたから。

「えっ？　あの、これは……？」

不機嫌そうな父とニコニコ笑顔の青年を交互に見やり、私は戸惑う。

何が起こっているのかイマイチ摑めずにいると、青年がおもむろに席を立った。

「やあ、こうして会うのは初めてだね。私は――――グランツ・レイ・ルーチェ。一応、この国の第一皇子だよ。先日はウチの弟が失礼したね」

『今日はお詫びのために来たんだ』と言い、グランツ殿下は優雅に一礼した。

皇族にも拘《かか》わらず、このように礼儀を尽くすのは偏《ひとえ》に父が偉大な存在だから。

ちょっと謙《へりくだ》りすぎている気もするが、先日の騒動を考えると妥当な対応に思えた――――ものの、問題はそこじゃなくて……。

ルカの協力者って、第一皇子だったの!?

第二皇子の行動を制限出来るくらいだから皇室の関係者であることは分かっていたが、まさかそんな大物だとは思ってなかった。

『そりゃあ、ルカも自信満々に大丈夫って言うよね』と驚いていると、グランツ殿下が頬を緩める。

「ベアトリス嬢は本当に愛らしい子だね。公爵が溺愛するのも、分かる気がするよ」

『うんうん』と納得したように頷くグランツ殿下に対し、父は眉を顰めた。

「ベアトリスが愛らしいのは、当然のことです。わざわざ言わなくて、結構です。あと、勝手に話し掛けないでください」

「う、うん……？　挨拶するのも、ダメなのかい？」

「はい、ウチの娘は人見知りなので。本来であれば、視界に入れるのも腹立たしい……」

「お、おお……これは重症だね」

若干頰を引き攣らせながら、グランツ殿下はまじまじと父を見つめた。

『本当にあの公爵なのかい……？』と驚く彼の前で、私はハッと正気を取り戻す。

と同時に、お辞儀した。

「申し遅れました、ベアトリス・レーツェル・バレンシュタインです。第二皇子殿下の件は、その……ありがとうございました」

昨日のことはもちろん、これまで足止めしてくれていたことも含めてお礼を述べた。

『ただでさえ、公務で忙しかっただろうに……』と思案する中、グランツ殿下は小さく首を横に振る。

「いやいや、私は当然のことをしたまでだよ。罵られる謂れはあっても、お礼を言われる謂れはないさ。弟の無作法を許してしまった時点で、私も同罪だからね」

未然に防げなかったことを悔いているらしく、グランツ殿下は物凄く申し訳なさそうにしていた。

かと思えば、場の空気を変えるように明るく笑う。

「あっ、ちなみに今回はきちんと文書を送って正式に訪問している。そうしないと、公爵に追い返されてしまうと思って」

「……」

図星だったのか、父はフイッと視線を逸らした。

案外分かりやすい反応に、グランツ殿下は『ほらね』と肩を竦める。

「それより、そろそろ食事にしないかい？　昨日から何も食べてなくて、お腹ペコペコなんだ」

『弟の後始末に追われていてさ』と嘆き、グランツ殿下は小さく肩を落とす。

すると、父が私を手招いた。

「ベアトリス、こっちに来なさい」

「は、はい」

促されるまま父の傍に歩み寄ると、いつものように抱き上げられた。

『まだまだ軽いな』なんて言いながら膝の上に下ろし、父は優しく頭を撫でる。

「何が食べたい？」

「えっと……じゃあ、サラダを」

「分かった」

慣れた手つきでサラダを取り分け、父はプチトマトを私の口元に運ぶ。

なので、つい食べてしまった――――グランツ殿下より早く。

あっ、不味い……！　食事では、基本身分の高い者から順番に食べていくのに！　私ったら

……！

ハッとして顔を上げると、呆気に取られている様子のグランツ殿下が目に入った。

「……なあ、ユリウス。私の目は狂ってしまったらしい。あの公爵が食事の世話を焼いているように見えるんだが……」

「大丈夫です。正常です。私の目にも、そう見えます。というか、最近の食事風景はいつもこうです」

「いつも……」

「はい、いつも」

愛想笑いに近い表情を浮かべ、ユリウスは『まだこんなの序の口ですよ』と述べた。

その途端、グランツ殿下は大きく息を吐く。

「これは……本当に重症だね」

「ええ、ですから昨日の件は覚悟なさった方が良いかと」

「やっぱり、謝罪と賠償程度じゃ無理か……」

ガクリと項垂れ、グランツ殿下は額に手を当てた。

『参ったなぁ』と零す彼の前で、ユリウスは苦笑を漏らす。

「仕方ありませんよ、公爵様にとってベアトリスお嬢様はまさに逆鱗そのもの。下手に近づけば、怒りを買うのは必然」

「まあ、そうだね……」

『悪いのは全面的にこっちだし』と言い、グランツ殿下はおもむろに腰を下ろした。

「とりあえず、今すぐ渡せる鉱山の権利書と税金免除の書類は持ってきたけど……足りないよね、絶対」

「足りないというか要りませんね、それらは」

私の口元をナプキンで拭きながら、父は『持って帰ってください』と言い放つ。

どうやら、他に欲しいものがあるらしい。

特になければ、そのまま貰うはずだから。

「では、お詫びの品としてこちらは何を差し出せばいいのかな？」

『出来れば、こちらで用意出来るものがいいんだけど……』と述べるグランツ殿下に、父はチラリと目を向ける。

「物じゃなくても構いませんか」

「ああ……余程の無茶ぶりでなければ、ね」

極力希望に沿うことを約束し、グランツ殿下はテーブルの上で手を組んだ。

『何を要求されるのか』と身構える彼の前で、父はスープへ手を伸ばす。

「では――――ベアトリスの家庭教師を派遣してください」

「「えっ？」」

思わず声を揃えてしまう私達に対し、父はポツリポツリと語り出す。

「ここ数ヶ月、新しい家庭教師を探しているのですが、なかなかいい人が見つからなくて……」

「それは全然構わないけど……それだけでいいのかい？」

「はい。ただし――派遣する家庭教師は優秀で性格も良く、カーラ・エアル・バレンシュタインと関係のない人物にしてください」

珍しく母の名前を口にし、父は真剣な面持ちで前を見据えた。

と同時に、私は全てを悟る。

そっか……お父様は――マーフィー先生のような人材を選ばないよう、かなり慎重になっているんだ。

その結果、新しい家庭教師が見つからなくて……皇室に目をつけたんだわ。

お城には若くて、優秀な人材が多くいるから。

お母様のことを全く知らない有能な人間だって、存在するかもしれない。

「分かった。その条件に合う人材を家庭教師として、派遣しよう。ただ、出自や身分までは保証出来ないよ」

「構いません。条件の合う人物なら、平民でも何でも」

新しい家庭教師の選出にかなり難航していたのか、父はある程度妥協する姿勢を見せた。

すると、グランツ殿下はホッとしたように表情を和らげる。

「それなら、直ぐに派遣出来るね。それこそ、明日にでも」

――――という言葉の通り、グランツ殿下は即座に新しい家庭教師を……自分自身を派遣してくれた。

「やあ、ベアトリス嬢。今日から、よろしく頼むね」

昨日よりラフな格好で現れ、グランツ殿下はニコニコと笑う。

その後ろで、父が仁王立ちしているというのに……。

『怖くないのかな？』と疑問に思う中、父は眉間に皺を寄せた。

「何故、殿下なのですか……」

「ん？　だって、私以上に条件に合う人材はいないだろう？」

心底不思議そうに首を傾げ、グランツ殿下は『考えてご覧よ』と促す。

「私は歴代皇帝を凌ぐほどの天才で、聖人と言われるくらい評判が良く、公爵夫人と一切接点を持たない。まさに適任だろう？」

「……」

確かに一応条件は満たしているため、父は押し黙る。

物凄く、嫌そうな顔をしているが。

「お忙しい殿下の手を煩わせる訳には……」

「心配ご無用だよ。父上に家庭教師の件を話したら、『公爵の機嫌を取ってこい。公務はこっちでやっておく』と背中を押されたから」

「……」

『全く問題なし』と言われ、父は手で顔を覆った。

どうにかして追い返そうとしている彼の前で、グランツ殿下はクスクスと笑う。

「安心したまえ。私は弟のように愚かじゃないからね。ベアトリス嬢の嫌がることは、絶対にしない」

『可愛い女の子に酷い真似は出来ないよ』と冗談交じりに言い、グランツ殿下は目を細めた。

「そういう訳だから、公爵は自分の仕事に戻っておくれ。そろそろ、ユリウスが泣くと思うよ」

「……」

「お、お父様……私は大丈夫ですから、行ってください」

「……分かった」

やっと首を縦に振った父は『何かあったら殿下を殴っていいぞ』と言い残し、退室。

おかげで、グランツ殿下と二人きりになった——表面上は。

「やっと行ったか～！　ったく、これだから親バカは」

『んー！』と軽く伸びをして、はしゃぐのはルカだった。

「イージスも外で待機しているし、思い切り会話出来るな～！」

半開きの扉からオレンジ髪の青年を見やり、ルカは上機嫌になった。

ここ数日ずっと父の傍にいたため、まともな会話を交わせず、不満が溜まっていたのだろう。

『一緒にいるのに一人だけ、蚊帳の外だったもんね』と同情する中、グランツ殿下はクルクルと指を回す。

と同時に、音を遮断する類いの結界を張った。

「ずっと構ってあげられなくて、悪かったね」

「いや、言い方！　それだと、俺がカマチョみたいだろ！」

心外だと言わんばかりに反論してくるルカに、グランツ殿下は頬を緩めた。

「ごめん、ごめん」

「絶対、『ごめん』なんて思ってないだろ⁉」

「いや、そんなことはないよ。ただ、こうしてルカと話すのは久しぶりだから楽しくてね」

「あー……逆行してからは、ベアトリスに付きっきりだったからなぁ」

『心配で目が離せないんだよ』と語り、ルカはこちらを見る。

すると、グランツ殿下も釣られるようにこちらへ視線を向けてきた。

「さて、雑談はこの辺にして講義を始めようか」

『一応、家庭教師の仕事もこなさなきゃ』と言い、グランツ殿下は黒板の前に立った。

新しく書斎にした部屋をグルッと見回し、チョークを手に取る。

「とはいえ、前回の記憶があれば礼儀作法や座学は問題ないよね」

「ああ、わざわざ学び直す必要はないと思う」

『このままでも問題ない』と太鼓判を押すルカに、グランツ殿下は相槌を打った。

かと思えば、おもむろに顎を撫でる。

「う〜ん……じゃあ、やっぱり――身を守る手段や方法を教えた方が、良さそうだね」

「身を、守る……？」

もっと専門的なことを学んだり、新しい分野に手を出したりするものだと思っていた私は目を剝く。

動揺のあまり身動きを取れずにいると、グランツ殿下がニッコリ微笑んだ。

「もちろん、君のことは守るよ。何に代えても、ね。でも――私達だって、四六時中ベアトリス嬢の傍にいられる訳じゃない」

「俺達のいない間に、何かあったら……そのとき、もし一人だったら頼れるのは自分自身ということになる」

「そういう事態にならないよう極力頑張るけど、私達も人間だからね。完璧じゃない。だから、万が一に備えて自衛の術を身につけてほしいんだ」

生存率を上げるためだと主張し、グランツ殿下は黒板に向き直る。

その隣で、ルカは用意された教科書を開いた。

「一番手っ取り早いのは、魔法を覚えることだけど……」

「あっ、ごめんなさい。私、魔法の才能は全くないみたいなの」

空中に浮かぶ教科書を一瞥し、私はシュンと肩を落とす。

せっかく、二人が一生懸命考えてくれているのになんだか申し訳なくて……。

『私にもっと才能があれば……』と思案していると、ルカが不意にこちらへ手を伸ばした。

「魔法の才能が全くないってことは、ねぇーと思うぜ？　だって、お前からずっと——膨大な魔力を感じているし」

「えっ？　でも、逆行前《前回》のマーフィー先生は確かに……」

「あの女の言うことなんて、信じるなよ」

やれやれといった様子で頭《かぶり》を振り、ルカは頭上に手を翳す。

と同時に、目を瞑った。

なんだろう？　凄くムズムズする……。

擽《くすぐ》ったいとは少し違う感覚に首を傾げる中、ルカはパッと目を開けた。

「あー……なるほどなぁ。確かにこれだと、魔導師にはなれねぇーわ」

「や、やっぱり……」

マーフィー先生は凄く意地悪で怖かったけど、自分の仕事はきっちりこなすタイプの人だから。

嘘をついているとは、思ってなかった。

「じゃあ、魔法は諦めて体術や剣術を……」

「いやいや、何言ってんだよ」

思わずといった様子で言葉を遮り、ルカは大きく息を吐いた。

かと思えば、呆れたように肩を竦める。

「俺様は確かに『魔導師にはなれない』って言ったけど、『魔法の才能がない』とは言ってないぜ？」

「えっと……つまり？」

「条件さえ揃えば、お前も魔法を使える」

「!!」

疑問形ですらない確信の籠った言葉に、私はハッと息を呑んだ。

『ほ、本当に……？』と瞳を揺らす私の前で、ルカは両腕を組む。

「いいか？　ベアトリスの場合、魔力はちゃんとあるんだ。それも、かなり多く。ただ――無属性の魔力だから、通常の方法だと魔法を使えない。その理由は言わなくても、分かるよな？」

『ちゃんと習っているはずだ』と主張するルカに、私はおずおずと頷いた。

「え、ええ……確か、魔力にはそれぞれ属性が宿っていて、ソレに沿った魔法を使えるのよね」

「そうそう。火属性だと火炎魔法、水属性だと水魔法って感じにな。ちなみに俺は全属性持ち」

「す、凄い……属性を複数持つ魔力はかなり珍しいのに」

二属性持ちですら千人に一人程度のため、私は思わず感嘆の息を漏らす。

すると、ルカは『まあな』と得意げに胸を反らした。

すっかり上機嫌になる彼は、これでもかというほど頬を緩めている。

その子供っぽい反応についつい笑みを零す中、ルカは教科書のページを捲った。

「んで、話を戻すけど――無属性の魔力でも、魔法を使えない訳じゃない。パッと思いつくだけでも、方法は二つある」

指を二本立ててこちらに身を乗り出すと、ルカは宙に浮かせた教科書を机へ置いた。

何の気なしに視線を下ろす私の前で、彼は教科書に描かれた挿絵を指さす。

「まず、一つ目――魔道具」

「あっ……！」

完全に盲点だった指摘に、私は大きく目を見開いた。

「魔道具を使用するのに必要な魔力は、属性関係ないから……！」

「そう。ベアトリスでも使える」

ニッと笑って頷くルカに、私は目を輝かせた。

だって、自分が本当に魔法を使えるだなんて……思いもしなかったから。

『まるで夢のようね』と頬を緩めていると、グランツ殿下が口を開く。

視線は黒板に向けたまま。

「魔道具の難点は希少性が高く、なかなか手に入らないことだけど、公爵令嬢の君なら問題ないだろう」

「公爵に頼めば、山ほど貢いでくれるだろうからな」

や、山ほど……それはさすがにない……はず。多分。

ぬいぐるみの独占権を買ったり、豪華な部屋を手配したりしていた父を思い浮かべ、私は少し不安になる。

『絶対にないとは言い切れないわね……』と。

「まあ、それはさておき二つ目の方法を発表するぞ」

ちょっと横道に逸れてしまった話を本題へ戻し、ルカはまた教科書のページを捲った。

「――――それはずばり、精霊だ」

『自然の管理者』『四大元素から成る生物』と書かれた精霊の記述を指さし、ルカは少し身を屈める。

「ベアトリスも既に知っているだろうが、精霊には自我のある奴とない奴の二通りある」

「自我のない精霊は一種の概念というか、自然そのもので、世界の理《ことわり》に従って動くことしか出来ない。でも、自我のある精霊は理を無視することが出来る。と言っても、自然を愛する者ばかりだから極端なことは滅多にしないけどね」

「それに精霊は基本、人間に手を貸さない。だから、まあ……ほぼ実現不可能な方法なんだ」

『お前に才能がないとか、そんなんじゃないぞ』と言い聞かせ、ルカはこちらの顔色を窺った。

沈みやすい性格だから、気を遣ってくれているらしい。

『いつも、ネガティブでごめんなさい』と申し訳なく思っていると、グランツ殿下がこちらを振り返った。

どうやら、図や文章を書き終わったようだ。

「ただ、試す価値はあると思うよ。なんせ、君は公爵の愛娘だからね」

「何かしら、特別な力を持っていてもおかしくないよな。公爵様は自然との親和性も高いみたいだし」

「えっ？　そうなの？」

思わず聞き返してしまう私は、瞬きを繰り返した。

だって、父は確かに世界の理を決定づける存在――神様に凄く愛されているが、精霊とはあまり縁がなさそうだったから。

まあ、他の人に比べれば大分友好的ではあると思うけど。

精霊から見て、父は上司の大切にしている人に当たる存在だもの。

無下にはしないはず。

『それなら、娘の私も……』と少しだけ希望を見出す中、ルカはガシガシと頭を掻いた。

「あー……実はな、光の公爵様が闇堕ちしたとき――精霊が積極的に手を貸したんだ」

「えっ？」

「『手を貸した』というより、アレは自滅に近いけどね」

「そ、それはどういう……？」

ますます訳が分からなくなり質問を重ねると、ルカとグランツ殿下は顔を見合わせた。

かと思えば、どちらからともなく頷き合い、苦笑を浮かべる。

「光の公爵様が世界を滅ぼそうとしていた話は、もうしたよな？」

「ええ」

「あん時の公爵様はな、確かに手当り次第ものを破壊しまくっていたけど、世界を滅ぼすほどじゃなかった。もちろん、あのまま放置していたらいずれ世界を滅ぼせただろうけど……でも――実質、世界を滅亡に追い込んだのは精霊なんだ」

当時の状況を思い出しているのか、ルカは表情を硬くした。

「精霊はみんな、公爵様の怒りや悲しみと共鳴するように――災害を起こし続けた。火山の噴火、地震、津波、台風……まるで正気を失ったかのように自然を壊し、俺達に牙を剥いた」

「自然が損なわれれば、自分達もタダでは済まないというのにね……」

『これは一種の自傷行為だよ』と語るグランツ殿下に、私は目を白黒させた。

そうしてまで父の力になろうとしたのかと思うと、なんだか複雑で……。

お父様を大切に思ってくれるのは嬉しいけど、世界の滅亡を手伝うのはちょっと……出来れば、止めてほしかったな。

それで、お父様と互いを助け合いながら生きてほしかった。

父にも精霊にも辛い思いや痛い思いはしてほしくなくて、世界滅亡という選択肢を憂う。

でも、ふと――――自分がもし逆の立場だったら同じことをするかもしれない、とも思った。

大切な人を失うだけでも辛いのに……誰かに殺されたなんて知ったら、我を忘れそうだから。

『そうなると、私も人のことは言えないかも……』と苦笑する中、ルカが教科書を閉じた。

「ま、とりあえずお前には精霊を従える精霊師としての才能があるかもってこと。確かめるのはもっと先になりそうだけどな」

「精霊と接触するには、それなりの準備が必要だからね。公爵にだって、話を通さないといけないし……」

「ある意味、ソレが一番の問題だよな。絶対、反対されそ～」

『とんでもない親バカだからな』とゲンナリするルカに、グランツ殿下は力なく笑った。

「まあ、頑張って説得してみるよ」

「おう。でも、ダメだった場合はこっそりやろうぜ」

悪戯っ子のように微笑み、ルカは『三人だけの秘密だからな！』と小声で言う。

そんなことをしなくても、ルカの声は私達にしか聞こえていないというのに。

でも、こういうやり取りは凄く新鮮で楽しかった。

「何にせよ、精霊の方は一旦保留だね。当分の間は魔力コントロールと魔道具の発動練習に専念しようか」

今出来ることを提示し、グランツ殿下はチョークを置いた。

と同時に、黒板の端っこへ移動する。

恐らく、見やすくするためだろう。

「まずは魔力のおさらいから」

パンパンと手を叩いてチョークの粉を払い、グランツ殿下は左端に書いた図を手で示した。

「既に知っていると思うけど、魔力は自然から派生して出来た力だ。だから、自然豊かな場所であればあるほど強い力を使える。というのも、目に見えない力の欠片――――マナが沢山あるから。

私達はコレを体内に取り込むことで、魔力化しているんだ」

「まあ、魔力なしの奴らは空気《呼吸》と一緒に吐き出しちまうけどな。魔力へ変換するための力が備わってないから」

でも、一応体内に取り込むことは出来るのね。

初めて知ったわ。マーフィー先生はあまり詳しく教えてくれなかったから。

基礎中の基礎しか習ってなかった前回を思い出し、私は『魔力って、結構身近にあるエネルギーなんだ』と考える。

――――と、ここでグランツ殿下がこちらへ足を向けた。

「ベアトリス嬢の魔力は凄く豊富みたいだから本来慎重にやるべきなんだけど、幸か不幸か害のない無属性。恐らく、暴走しても大して問題ないだろう」

『ちょっと体調を崩すだけ』と言い、グランツ殿下は私の前に立つ。

と同時に、手を差し出してきた。

「そういう訳で――――ちょっと強引にコントロールのコツを覚えてもらうね」

「早い話、実践だ。ベアトリスは既に魔力を探知出来るみたいだし、直ぐに扱えるようになると思うぜ」

さっきのムズムズとした感覚を示唆しているのか、ルカは『俺の魔力に反応しただろ？』と笑う。

「まあ、物は試しだ。やってみろ」

「え、ええ」

正直上手く出来る自信はなかったものの、やってみないことには何も分からないため、おずおずと殿下の手を取る。

――――はずが、イージス卿に妨害された。

い、いつの間に目の前へ……？　さっきまで、廊下にいたはずじゃ……？

グランツ殿下と私の間に割り込むオレンジ髪の青年を見つめ、目をぱちくり。

『何かあったんだろうか？』と困惑していると、イージス卿が困ったように笑った。

「申し訳ありません、第一皇子殿下。公爵様より、お嬢様を殿方から遠ざけるよう言われていて……」

「でも、これは講義のためなんだが……」

『やましい気持ちなんて一切ないよ』と語るグランツ殿下に、イージス卿は眉尻を下げる。

「すみません。さすがに――皇族の腕は斬り落としたくないので、引き下がって頂けると助かります」

「ん……？　えっ？　斬り落とす？」

「はい。公爵様が『ウチの娘に触れた者は全て斬れ。例外はない』と言ってまして……」

「……」

おもむろに扉の方を振り返り、グランツ殿下は何とも言えない表情を浮かべた。

かと思えば、素直に手を下ろす。

「私はまだ腕を失いたくないから、ここで引き下がるよ。それにベアトリス嬢の魔力量だと、弾かれてしまうかもしれないし」

『無駄骨に終わるかもしれないことに腕は賭けられない』と主張し、数歩後ろへ下がった。

触らないという意思表示をするグランツ殿下の前で、イージス卿はようやく肩の力を抜く。

「じゃあ、俺はまた部屋の外に出ていますね」

「ええ、疲れたら遠慮せず休んでね」

「ベアトリスお嬢様こそ、無茶をなさらないでくださいね。公爵様はもちろん、俺だって凄く心配しますから」

「分かったわ。ありがとう」

こんな風に温かい言葉を掛けられるのは、まだ慣れてなくて……少し照れてしまう。

僅かに頬を紅潮させる私の前で、イージス卿は軽くお辞儀して部屋を辞した。

そのまま警備に戻った彼を他所に、グランツ殿下は自身の顎を撫でる。

「それにしても、困ったね。これじゃあ、魔力コントロールの実践が出来ない」

『参った』とでも言うように頭《かぶり》を振るグランツ殿下に、私は小首を傾げる。

「それって、ルカじゃダメなんですか？」

姿の見えない彼ならこっそり出来るのではないかと思い、私は直球で質問した。

すると、グランツ殿下は悩ましげな表情を浮かべる。

「この方法は繊細なコントロールを必要とするから、対象と接触しなきゃダメなんだ。つまり、今のルカでは出来ない」

「さっきみたいにお前の魔力を適当に刺激するだけなら、出来るんだが……魔力循環の正しい道筋を示し、お前の魔力を誘導するとなると難しい」

『力になってやれなくて悪いな』と謝り、ルカはそっと眉尻を下げた。

凄い力を持っているのに何も出来なくて、歯痒く感じているのだろう。

「こうなったら、知識方面から攻めるしかないね」

――――というグランツ殿下の言葉に従い、私はひたすら魔力コントロールの見識を深めた。

と言っても、グランツ殿下やルカの話をずっと聞いているだけだったけど。

とはいえ、おかげで少しだけ……本当に少しだけ、魔力を動かせた。

「でも、これじゃあ全然ダメ……」

目指すは魔力の循環。

今の私はひたすら魔力を溜めている状態で、冬眠に近い様子だという。

だから、魔力を動かし行使するまでに凄く時間が掛かるらしいの。

そのタイムラグを極限まで減らすためには魔力を循環させ、常に使える状態にしておく必要があるんだって。

これは魔力持ちなら、誰しも通る道とのこと。

ルカ達は『焦らなくていい』って言っていたけど、ずっとこのままだったらどうしよう？

せっかく、たくさんたくさん時間を割いて……知恵を絞ってくれたのに。

自身の手を見下ろし、私はゆらゆらと瞳を揺らした。

自室に差し込む夕日を眺めながら、キュッと唇に力を入れる。

「……もう一回」

『明日の講義までには出来るようになりたい』と考え、繰り返し繰り返し練習した。

何となく、魔力を感じ取ることは出来ているの……ただ、動かすのが難しくて。

ルカやグランツ殿下からアドバイスはたくさんもらっているんだけど、こう……上手くコツを摑めない。

でも、もうすぐ何か掴めると思う。

『あともうちょっとなの……』と思案する中、不意に頭を撫でられた。

ビックリして後ろを向くと、そこには父の姿が……。

「お、お父様何でここに……？」

「夕食の時間になっても来ないから、様子を見に来た」

「えっ？　もうそんな時間……!?」

慌てて周囲を見回すと、空は真っ暗で……八時を示す時計の針が目に入る。

――と、ここで薄暗かった室内が一気に明るくなった。

恐らく、父の魔法だろう。

「ご、ごめんなさい！　直ぐに支度して、食堂に……」

「ベアトリス、魔力はこうやって動かすんだ」

そっと私の手に触れ、父はゆっくりと自身の魔力を送り込んだ。

ちゃんとコントロールされたものだからか、ムズムズした感覚はない。

ただ、やっぱり違和感はあるけど。

「魔力は血液と同じだ。流れる方向と道筋さえ決めてやれば、あとは勝手に動く。『使う』という意識を持つな。自分の体の一部だと思え」

そう言うが早いか、父は私の魔力を全身へ……それこそ、指先まで押し出してくれた。

かなり強引な方法のはずなのに、全く痛みはない。

それはきっと、父が上手く調節してくれているから。

「指先まで来たら、折り返して……また心臓辺りで送り出す。ひたすら、この繰り返しだ。これで、道筋は覚えたな？」

「は、はい」

「さすがは私の娘だ」

『物覚えが早いな』と手放しで褒め、父はまた頭を撫でてくれた。

「多分、もう一人で循環出来るはずだ」

「ほ、本当ですか……？」

「ああ」

一瞬の躊躇いもなく首を縦に振る父は、スッと目を細める。

「だが、別に出来なくてもいい。前にも言ったように、ベアトリスが生きて幸せになってくれれば私は充分だ」

不安がっていることを察したのか、父は砂糖菓子よりも甘い言葉をくれた。

失敗したって構わない、と……無理に背伸びする必要はない、と。

「ベアトリスはここに存在するだけで、価値がある。だから、周りの顔色を窺わなくていい。自分を追い詰めなくていい。何者かになろうとしなくていい」

「は、い」

「自分のやりたいようにやっていいんだ、ベアトリス」

好き勝手に振る舞うことを許可し、父は少しだけ表情を和らげた。

「それで、ベアトリスは今何がしたい？」

「えっと……魔力を循環出来るようになって、上手くコントロールしたいです」

「そうか。やってみなさい」

『傍で見ているから』と告げる父に、私はコクリと頷いた。

自身の手のひらをじっと眺め、先程の感覚を思い出す。

確か、お父様はこんな風に……あっ――――

「――――出来た！」

まさかの一発成功に、私はキラキラと目を輝かせた。

興奮気味に後ろを振り返り、ソファの肘掛けへ腰掛ける父を見た。

「お父様、出来ました！　今もほら！　身体中をずっと流れています！」

「ああ、上手に出来たな。偉いぞ」

よしよしと私の頭を撫で、父は『たった一日で習得とはな』と少し驚く。

「本来、もっと時間が掛かるものなんだが……ベアトリスは筋がいいな。きっと、もう魔力の流れや動きを意識しなくても循環出来るはずだぞ」

「あっ……本当ですね」

さっき父に話し掛けた時点で集中力は切れていたのに、今もずっと循環し続けている。

これこそが完璧に習得した証拠だった。

「これなら、明日から魔道具の発動練習も出来るかも」

ほぼ無意識に独り言を零し、私は『やっと魔法を使えるのね』と歓喜する。

――――と、ここで父が顔を覗き込んできた。

「講義で魔道具を使うのか？」

「あっ、はい。私の魔力には属性がないみたいなので魔法を使うには魔道具や精霊に頼るしかない、と言われたんです」

「なるほど」

顎に手を当てて考え込む父は、穴が空くほどこちらを見てくる。

『な、なんだろう？』と頭を捻る私の前で、彼はおもむろに立ち上がった。

「魔道具は私の方で準備しよう。ベアトリスの使用するものに不備があっては、困るからな」

『宝物庫にあるやつでいいか』と思案する父に、私は危機感を覚える。

だって、ルカの発言を思い出してしまったから。

『山ほど……持ってこないわよね？』と警戒しつつ、私も一先ず席を立つ。

「あ、あの……お父様」

「なんだ？」

「魔道具は一つで充分ですからね。それにまだ使い慣れていないので、あまり高価なものは……」

壊してしまった時のことを考えて、私はやんわり釘を刺す。

が、父は相変わらずのようで……

「何故だ？　可愛い娘の使う魔道具なのだから、惜しむ必要はないだろう？」

妥協する気は一切なさそうだった。

どことなく既視感を覚える光景に辟易していると、父がそっと私を抱き上げる。

「それより、そろそろ食事にしよう。これ以上、遅れたら就寝時間に間に合わない」

『ベアトリスの生活リズムが崩れる』と言い、父は扉に足を向けた。

◇◆◇◆

「「えっ!?　もう魔力の循環をマスターしたのか（したのかい）!?」」

講義開始早々、ルカとグランツ殿下は大声を上げた。

『嘘!?』と驚愕する彼らを前に、私は表情を和らげる。

「実はお父様が手伝ってくれて」

「ああ、なるほど。それで……」

「んじゃ、こっちの魔道具は公爵様からのプレゼントか」

部屋の一角を占拠する魔道具の山に、ルカは『俺の言った通りになったな』と苦笑いする。

「まあ、とりあえずこれで次の段階に行けるな」

「そうだね。と言っても、無意識に魔力を循環出来るレベルまで達しているなら、魔道具の発動なんて簡単だろうけど」

『早くも教えることがなくなりそう』と肩を竦め、グランツ殿下は魔道具の山に向き直った。

案の定上物揃いなのか、感嘆の声を漏らしながらあれこれ手に取る。

その様子はまるで少年のようだった。

「最初は安全で、ベアトリス嬢も親しみのある魔道具がいいよね」

「なら、通信用魔道具にしたらどうだ？　この前、使っていたし。お前の弟の件で」

「う～ん……最後の一言で、使う気がなくなってしまったよ」

『ある意味、いわく付きの魔道具じゃないか』と嘆息し、グランツ殿下は何とも言えない表情を浮かべた。

が、他の魔道具には触ったことすらないと知るや否や、折れる。

やはり、こういうのは効果をよく知っているものから慣れていった方がいいらしい。

「じゃあ、魔道具の発動方法について軽く説明するね。これには主に二通りあって」

そこで一度言葉を切ると、グランツ殿下は二つある水晶のうち一つを机の上に置いた。

「魔力の注入量が一定値に達したら自動で発動するものと、魔力を込めた上で特定の動作をしたら発動するものがある。前者は既に通信用魔道具を通して知っていると思うから、置いておいて……後者は製作者によって、かなり異なるんだ」

「よくあるのはボタンを押したり、つまみを回したりするやつだな」

『そんな難しいことじゃねぇーよ』と語るルカに、グランツ殿下は小さく頷いた。

かと思えば、対となるもう一つの水晶を見下ろす。

「さて、説明はここら辺にして実際にやってみよう」

そう言うが早いか、グランツ殿下はクルリと身を翻した。

「そういう訳で、ルカ。ベアトリス嬢のサポートは頼んだよ。私は少し離れた場所に移動する」

『近くにいると、成否が分かりづらいから』と言い、グランツ殿下は移動を始める。

去り際に五分経過したら魔道具を発動するよう言い残し、部屋を出ていった。

と同時に、ルカはこちらを向く。

「んじゃ、幾つか注意事項を話しておくな」

サポートを頼まれたからか、ルカは積極的に教える姿勢を見せた。

「まず、魔道具の発動中はずっと魔力を込め続けること。じゃないと、そのうちエネルギー不足で止まっちまうからな」

『ユリウスの魔力切れで中断された時みたいに』と語り、ルカは机の上にある水晶を見つめる。

「次に、魔力を込める時は少しずつゆっくりやれ。決して、焦るな。ベアトリスの場合は魔力量が桁違いに多いから、最悪魔力を貯蔵する部分が壊れてダメになる」

何事も程々にということを強調し、ルカはおもむろに天井を見上げた。

「具体的な量や速度は、そうだな……あのチョークくらい細い川が、緩やかに流れているイメージと言えばいいか?」

「あら、本当にちょっとなのね」

思わず口を挟む私に、ルカはコクリと頷いた。

かと思えば、頭の後ろで腕を組む。

「とりあえず、注意事項はこんなもんだな。他に何かあれば、その都度言う」

「分かったわ」

特に質問もなかったのでこのまま話を終えると、ルカは不意に掛け時計の方を振り返った。

「よし、そろそろ時間だな。魔道具に魔力を込めろ」

『ちょうど五分だ』と告げるルカに、私は首を縦に振る。

そして、ユリウスがやっていたように水晶の上へ手を翳した。

と同時に、少しずつゆっくりと魔力を注ぎ込んでいく。

チョークくらい細い川が、緩やかに流れているようなイメージ……。

ルカのアドバイスを反芻しながら、慎重に魔力を込めていると――――水晶が輝く。

魔力の属性によって光の色は異なるが、今回は白だった。

『無属性の証なんだろうけど、凄く綺麗』と瞠目する私を他所に、対となるもう一つの水晶へ通信が繋がる。

その瞬間、グランツ殿下の顔が魔道具を通して見えた。

『おや？　もう成功したのかい？　もっと、時間が掛かるものだと思っていたよ』

音声も問題なく共有出来ているようで、グランツ殿下の笑い声が耳を掠める。

『ちゃ、ちゃんと出来た』と頬を緩める私の前で、彼はアメジストの瞳をスッと細めた。

『それじゃあ、しばらく通信状態を維持してみようか。三十分も経てば、魔力供給のコツを掴むはずだよ』

「はい、分かりました」

――――とは言ったものの……なんだか、気まずい。

何を話せばいいのか、分からなくて……。

これまではルカという共通の友人がいたから、問題なくコミュニケーションを取れていたけど……ルカは通信用魔道具に存在を認識されていないみたいなの。

つまり、話したり姿を見せたり出来ないってこと。

私がルカの通訳になれば、三人で話せなくもないけど……そんなことをしたら、グランツ殿下に失礼だと思う。

だって、貴方とは話したくありませんって言っているようなものだから。

『気分を害しそう……』と悩み、内心項垂れていると――グランツ殿下が不意に口を噤んだ。

さっきまで、気を遣って色々話してくれていたのに。

『さすがに疲れてしまったのか？』と疑問に思う中、彼は唇の下辺りをトントンと指先で叩く。

『ずっと言おうか、どうか迷っていたけど』

そう前置きしてから、グランツ殿下は僅かに表情を引き締めた。

と言っても、口元の笑みはそのままだが。

でも、心から笑っている訳じゃないのは明白だった。

『ベアトリス嬢は何か……私に言いたいことがあるよね？』

「!!」

ビクッと肩を震わせる私は、反射的に顔を逸らしてしまった。

これでは、『はい、そうです』と言っているようなものだろう。

『屋敷で再会した時から、君はずっと私に何か言いたげだった。でも、言い出せなくて……気まずい様子だった』

違和感を言葉にして吐き出し、グランツ殿下は頬杖を突く。

『無意識かもしれないけど、講義中はずっとルカの方を見ているし、私の話に乗っかることもほとんどない。もちろん、こちらから話を振った時は別だけど。とにかく、君は私を避けているように感じた』

「その……申し訳ありません」

『いやいや、謝ってほしい訳じゃないよ。ただ、ちょっと気になってね。ベアトリス嬢の場合、単なる好き嫌いで避けているというより、罪悪感や後悔で避けているように見えたから』

さすがは第一皇子とでも言うべきか……こちらの心情をよく理解している。

『もうそこまで分かっているのか……』と肩を落とす中、グランツ殿下は僅かに表情を和らげた。

『私に言いたいこと、聞いてもいいかい？』

「えっと……」

『今は物理的に距離が離れているから、話しやすいと思うんだよね』

「それは……そうですけど」

『大丈夫。怒らないから、言ってごらん』

優しい声色で話を促し、グランツ殿下はひたすらこちらの言葉を待つ。

無言ながらも話しやすい雰囲気を作る彼の前で、私はチラリとルカの方を見た。

すると、彼は苦笑しながらこう言う。

「嫌なら嫌でいいんだぞ。グランツは好奇心で聞いてきているだけだから。まあ、この際言いたいこと全部ぶちまけるのもいいと思うけどな」

「……失礼にならないかしら？」

「ならない、ならない。なったとしても、あっちは何も言えねぇーよ。なんてったって、お前は光の公爵様の愛娘だからな。文句を言おうものなら、ぶち殺されるって」

『何も心配は要らない』と力説するルカに、私は少しだけ勇気をもらう。

と同時に、父の言葉を思い出した。

ベアトリス《私》のやりたいようにやっていい。

ギュッと胸元を握り締め深呼吸すると、私は視線を前に戻す。

アメジストの瞳を真っ直ぐに見つめ返し、少し身を乗り出した。

「あの、グランツ殿下。私、ずっとお聞きしたいことがあって……」

『なんだい？』

「私のこと――――恨んでいませんか？」

思い切って質問を投げ掛けた私は、そっと視線を下ろす。

グランツ殿下の顔色を確認するのが、なんだか怖くて。

「前回はその……ジェラルドが皇位を継ぐことになったでしょう？　その原因は間違いなく、私で……恋にうつつを抜かすような真似をしなければ、次期皇帝の座はグランツ殿下のものになっていたと思います」

『……まあ、確かに君の存在は皇位継承権争いにおいてかなりの影響を及ぼしていたね。お世辞にも、全く関係ないとは言えない。でも――――』

そこで一度言葉を切ると、グランツ殿下はフッと笑みを漏らした。

『――――恨んではいないよ。君は別に悪いことなんて、していないからね。あくまで正々堂々と戦っていた。違うかい？』

「た、確かに犯罪行為などはしていませんけど……」

『なら、何も問題ないよ。皇位継承権争いで負けたのは、私の実力不足だ。それを他人のせいにして、恨むなど……愚の骨頂だろう』

呆れたように苦笑を浮かべ、グランツ殿下は小さく頭《かぶり》を振った。

心外だとでも言うように。

『それに意図せず、二回目のチャンスをもらったんだ。今度こそ、負けないよ』

逆行したことによって皇位継承権争いの結果はリセットされたため、全力で戦う所存みたいだ。

リベンジに燃えている様子のグランツ殿下を前に、私は少しホッとする。

『前向きに物事を考えられる人で良かった』と思いながら。

おかげで、心のつっかえが取れたわ。

これからはビクビクせず、殿下と話せそう。

まあ、まだ緊張はするけど。

逆行前も合わせてこんなに深く関わったことはないので、人見知りを発動してしまう。

『ルカとは、わりと普通に話せるんだけど……』と思案する中、グランツ殿下は不意に顔を上げた。

『そろそろ、時間だね。魔力供給は問題なく出来ているみたいだし、部屋に戻るよ』

「あっ、では通信を切りますね」

『ああ。じゃあ、また後でね』

「はい、お待ちしております」

そう言って頭を下げると、私は魔力の供給を止めた。

――と、ここで水晶より発せられていた音声や映像は消える。

ただの透明な玉となった魔道具を見下ろし、私は僅かに表情を和らげた。

◇◆◇◆

――魔道具の扱い方について、学び始めてから早一ヶ月。

グランツ殿下やルカ、時々父の力も借りて私は着実に成長していた。

と言っても、練習したのはどちらかと言うと武器に関する分野だけど。

「ベアトリスお嬢様、肩の力は抜いてください！　もっと、リラックスを！」

五十メートルほど離れた場所からこちらを見つめるイージス卿は、身振り手振りでコツを教える。

それに従い、私は弦《つる》をゆっくりと引いた。

弓矢はセットしていないので、普通のものに比べると大分軽い。

「そうそう！　そんな感じです！　では、弦から手を離してください！」

「え、ええ」

正直イージス卿目掛けて、弓を射るのは気が進まないが……これも練習なので、指示に従う。

すると、弦の動きに合わせて――――半透明の矢が放たれる。

風の力を圧縮したソレは真っ直ぐ飛んでいき、イージス卿の剣によって切り裂かれた。

「大分、良くなってきましたね！　次は動いている的に当てる練習と、連続で射る練習をしましょうか！」

『基礎はもうバッチリなので！』と力強く断言し、イージス卿は軽やかな足取りで走り出す。

時々フェイントなどを掛けながら。

い、いきなり難易度が上がり過ぎでは……？

『ちゃんと出来るかな？』と不安に思いつつも、隣に立つルカが何も言わないので一先ず弓を引いた。

動き回るイージス卿を目で追いながら、どんどん魔法の矢を放っていく。

案の定、一つも当たることはなかったが……いや、当たっても困るんだけども終始イージス卿に翻弄されっぱなしだった。

「私って、弓の才能ないのかしら？」

「いや、始めて数週間でこれだけ出来れば上等だろ。命中こそしてないけど、ちゃんと相手の動きを捉えているし」

毎回『あと一歩』というところで躱《かわ》されている点を指摘し、ルカは呆れたように笑う。

お前は理想が高すぎるんだ、とでも言いたげな表情だ。

「それより、問題はあっちだろ。今日もめちゃくちゃ難航しているぜ」

そう言って、ルカは父の書斎を指さす。

釣られるままに視線を上げると、窓越しに父とグランツ殿下の姿が見えた。

何やら話し込んでいる様子の二人は、どことなく重苦しい雰囲気を放っている。

「公爵様がグランツの提案を尽《ことごと》く、却下している。あの分だと、精霊との接触はまだまだ先になりそうだぜ」

『マジでこっそりやることになるかもな』と言い、ルカは肩を竦めた。

「まあ、公爵様の過保護っぷりは今に始まったことじゃないし、気長に待つか。武器型魔道具の練習を提案した時だって、一週間くらい説得に時間が掛かったし」

私の手にある白い弓を一瞥し、ルカは『あと何週間掛かることやら』と嘆息した。

「仮に許可されたとしても、色々条件や制約はあるだろうな。武器型魔道具のときみたいに」

やれやれと頭《かぶり》を振るルカに対し、私は苦笑を浮かべる。

父に提示された約束事は確かに面倒かもしれないが、私にとっては愛情の裏返しだから。

武器型魔道具の使用許可をもらったときは、三つの約束事をしたのよね。

まず、武器の種類は使用者への負担が少ない弓のみ。

また、練習にはイージス卿も参加させること。

そして、練習場所は父の書斎から逐一様子を確認出来る中庭限定。

どうやら、いざという時は窓から飛び降りるつもりみたい。

『書斎は四階にあるのに……』と苦笑する中、父が突然こちらを向いた。

かと思えば、窓を開けて私の方へ手を伸ばす。

「きゃっ……!?」

父の魔法か体が宙に浮き、私は反射的に声を上げた。

すると、直ぐに下ろされる。

『あれ?』と首を傾げる私の前で、父は――四階から飛び降りた。それも、魔法を使わずに。

「お、お父様……!?」

怪我するんじゃないかと気が気じゃない私は、不安を募らせる。

が、それは杞憂だったようで……父は華麗に着地した。

きちんと体を鍛えているからか、怪我もない。

『よ、良かった……』と胸を撫で下ろす中、今度はグランツ殿下が降りてきた。

と言っても、父のような方法ではないが。

ちゃんと風魔法を使って衝撃を減らし、安全に地上へ降り立った。

「公爵、ユリウスから伝言だよ。『窓じゃなくて、玄関から外へ出てください』だって。もちろん、ベアトリス嬢を宙に浮かせて窓から招き入れるのも禁止」

「……後半の内容は胸に留めておく、とお伝えください」

「いや、直接言いなよ。私は伝書鳩か何かかい？」

「ユリウスはなんだかんだ口うるさいので、あまり話したくないんです」

「それを聞いたら、ユリウスは大泣きしそうだ」

苦笑にも似た表情を浮かべ、グランツ殿下は『もう少し優しくしてあげなよ』と述べる。

が、父は何も答えなかった。

「そんなことより、ベアトリス」

「は、はい」

「少し話がある。練習を一度中断してもらっても、いいか？」

「もちろんです」

ちょうど集中力が切れかかっていたこともあり、私は父の申し出を受け入れる。

と同時に、オレンジ髪の青年へ視線を向けた。

「イージス卿、少し休憩にしましょう」

「了解です！」

ビシッと敬礼して応じるイージス卿は、即座に剣を仕舞う。

そして、こちらへ駆け寄ってきた。

あれだけ動き回っていたのに、汗一つ掻いてない。

イージス卿にとって、アレは運動にすら入っていないのね。

爽やかの一言に尽きるイージス卿の様子に、私は目を剝く。

『その場から一切動いていない私の方が疲れている……』と情けなく思う中、父が身を屈めてきた。

まるで、目線を合わせるかのように。

「ベアトリス」

「はい」

「精霊に会いたいか？」

どことなく既視感を覚える質問に、私はなんだか嬉しくなった。

お父様はいつも、私の意思を確認してくれる。

武器型魔道具の使用を許可する時だって、私に『どうしたい？』と尋ねてくれた。

それで、私が『練習してみたいです』と答えたら条件付きで許してくれたの。

今でも鮮明に覚えている記憶を手繰り寄せ、私はじっと青い瞳を見つめ返す。

「お父様、私は精霊に会ってみたいです」

逆行前、世界を滅亡させるためとはいえ、お父様に力を貸してくれた存在だから。

たとえ、縁を繋ぐことは出来ずとも一目見てみたかった。

「そうか……分かった。精霊に会うことを……野外研修を許可しよう」

渋々といった様子で首を縦に振り、父は妥協する姿勢を見せた。

思わず表情を明るくする私に対し、彼はスッと目を細める。

「ただし――私も同行する。これが条件だ」

案の定とでも言うべきか、父はこちらにも折れるよう求めてきた。

『ここまで譲歩したんだから』と訴えかけてくる彼の前で、私はチラリとグランツ殿下に目を向ける。

すると、苦笑しながら肩を竦める彼の姿が目に入った。

どうやら、父の同行を認める形で話がついているらしい。

『これ以上の交渉は無理そうだった』と口の動きだけで伝えてくる彼に、私は小さく頷いた。

「分かりました。お父様も一緒の方が心強いので、助かります」

条件を受け入れる姿勢を見せると、父は僅かに目元を和らげる。

「そうだろう。私はこの世の誰よりも強いからな」

「はい。それにお父様とお出掛けするのは、初めてなので……」

「!!」

ハッとしたように目を見開く父は、こちらを凝視した。

何やら衝撃を受けている様子の彼に、私はパチパチと瞬きを繰り返す。

「あっ、ちゃんと分かってますよ。あくまでこれは講義の一環で、遊びじゃないって」

『ちゃんと勉強に集中する』と主張し、私は父の顔色を窺った。

まさか、外出許可を撤回するんじゃないかと内心ヒヤヒヤしていると、父が何やら独り言を呟く。

「ベアトリスと初めての外出……これは最高の思い出になるよう、準備しないといけないな」

――と、決心するや否や……父は急いで書斎へ戻った。

それも、窓から……。

『さっき、注意されていたのに』と苦笑する中、微かにユリウスの怒鳴り声……いや、懇願が耳を掠める。

えっと……とりあえず、山場は越えたと見ていいのよね？

『結局、撤回はなかったし……』と考えつつ、私は弓の練習に戻る。

――そして、グランツ殿下やイージス卿からアドバイスを貰い、少しずつ腕を上げていくこと二週間……野外研修を行う日が来た。

夜明けに合わせて身支度を済ませ、玄関前に集まった私は思ったより少ない面子《メンツ》に首を傾げる。

「グランツ殿下、護衛などはいらっしゃらないんですか？」

見送りのユリウスも含めて五人しかいないため、私は『ちょっと不用心なんじゃ？』と考える。

だって、ここには皇族もいるのだから。

「あぁ、護衛とは現地集合する予定なんだよ」

「えっ？　どうしてですか？」

『道中の警備は？』と困惑する私に、グランツ殿下は小さく肩を竦めた。

かと思えば、目の前にある馬車を指さす。

「あれは魔道具の一種で、空を飛べるんだ。だから、道中の警備はほとんど必要ない。というか、出来ない」

「確実に定員割れするからな。まあ、あの馬車には認識阻害の加工も施されているし、護衛なんかいなくても大丈夫だろ」

グランツ殿下の横に並ぶルカは、『地上よりずっと安全』と零す。

「何より、こっちには光の公爵様もいるんだ。問題ねぇーって」

『世界を滅ぼせる力の持ち主なんだぞ』と語るルカに、私は思わず納得してしまった。

確かにそれなら問題なさそうだ、と。

「ベアトリス、こっちへ来なさい」

馬車の前で待機する父は、こちらに手を差し伸べる。

どうやら、乗車を手伝ってくれるらしい。

「はい、お父様」

なんてことない動作が、優しさが、気遣いが嬉しくて……私はついつい笑みを漏らしてしまう。

以前までなら考えられなかった光景を前に、ゆっくりと歩を進めた。

浮き立つような気分になりながら父の手を取ると、そのまま抱き上げられる。

てっきりエスコートしてくれるものだと思っていたため、私は一瞬固まった。

『ん……？　あれ？』と混乱する中、父は馬車へ乗り込み、座席へ腰を下ろす。

そうなると、必然的に私は父の膝の上へ座ることになる訳で……。

「公爵様……いえ、何でもありません。もう好きにしてください」

『公爵様なら死んでも落とさないでしょうし』と呟き、ユリウスは小さく頭《かぶり》を振った。

もう何もかも諦めた様子の彼を他所に、グランツ殿下とイージス卿が向かい側の座席へ腰掛ける。

一応、ルカも中にいるが……体質上、座れないので棒立ちだった。

「では、皆さんお気をつけて。くれぐれも、無理はしないようにしてくださいね」

『何かあれば、連絡を』と言い残し、ユリウスは馬車の扉を閉める。

と同時に、数歩後ろへ下がった。

「行ってらっしゃいませ」

そう言って頭を下げるユリウスに、私達は『行ってきます（行ってくる）』と返す。

————と、ここで父が天井から伸びる紐を腕に巻き付けた。

『なんだろう？』と疑問に思っていると、馬車は急に動き出す。

数十メートルほど普通に地面を走るソレは、徐々に浮き上がり、やがて空へ羽ばたいた。

「ほ、本当に空を飛んだ……」

別にグランツ殿下の言葉を疑っていた訳じゃないが、なんだか夢のようで……私は感嘆の息を漏らす。

と同時に、理解した。

恐らく、あの紐は魔力を供給するためのもので今まさに父が魔力を込めているのだろう、と。

こんなに大掛かりな魔道具を動かすには、かなりの魔力を消費するに違いない。

それなのに、顔色一つ変えないなんて。

『お父様の魔力量はどうなっているのかしら？』と思案する中、ふと朝日を目にする。

山の後ろから徐々に顔を出す陽光を見つめ、私は瞠目した。

「綺麗……」

神秘的とも言える光景に、私はついつい見入ってしまう。

そのまましばらく放心していると、グランツ殿下とイージス卿の笑い声が耳を掠めた。

「ベアトリス嬢は本当に愛らしいね」

「いつも大人っぽいので、こういう反応は新鮮です！」

『微笑ましい』と言わんばかりの表情を浮かべる二人に、私は羞恥心を擽られた。

わ、私ったら子供っぽい態度を……中身は十八歳なのに。

頬が熱くなっていく感覚を覚えながら、私は身を縮める。

――――と、ここで父に頭を撫でられた。

「楽しいか？　ベアトリス」

「えっ？　あっ、はい。凄く楽しいです」

「なら、いいんだ」

満足そうな顔でこちらを見つめ、父は窓の外へ視線を向ける。

「あの一番大きい山、見えるか？」

「はい」

少し奥の方にある自然豊かな山を見据え、私は『あそこだけ、明らかに他と違うのよね』と考える。

何が、と問われたら答えられないが……どうも、違和感を覚えるのだ。

親近感とでも言おうか……。

「あそこは『ニンフ山』と呼ばれていて、昔から精霊の目撃情報が絶えない場所だ」

「噂によると、自我を持つ精霊が四体もいるらしいよ。細かい場所はそれぞれ違うけど、確か……火の粉の舞う山頂、深淵の見える湖、枯葉のない大木、風の吹く洞窟だったかな？」

『どれも特徴的だから、行ってみれば分かるはず』と零し、グランツ殿下はニッコリ微笑んだ。

「いやぁ、楽しみだね。ベアトリス嬢の講義のためとは分かっているんだけど、まるで少年のようにワクワクしてしまうよ。私も精霊に会うのは、初めてだからさ」

「えっ？　そうなんですか？」

「ああ。一応、何度か召喚魔法で接触を図ったことはあるんだけど……尽く不発でね」

――召喚魔法。

特定の人物を呼び出すもので、精霊も効果対象に含まれる。

ただし、呼び出された側には召喚を拒否する権利があるため、強制力はなかった。

まあ、無属性の私ではこの方法を試すことすら出来ないけどね。

もし、出来るならこんな回りくどい方法は取らない。

だって、召喚魔法の方がもっと早く確実に精霊との接触を図れるから。

たとえ、召喚を拒否されたとしても『あぁ、精霊師の素質はないんだな』って分かるし。

『こうやって、地道に精霊を探していくのは結構大変なのね』と苦笑する中、グランツ殿下は嘆息する。

「今度こそ、会えるといいんだけど……精霊は基本目に見えないから、気づかずスルーしてしまいそうだ」

「あれ？　でも、確か自我のある精霊は任意で姿を現せるんですよね？」

講義で習った内容を思い返す私に、父は小さく頷く。

「ああ、そうだ。ただ、あくまで任意だから気分によっては姿を現さずに終わるだろう」

『全ては精霊次第』と言い、父はおもむろに紐を引いた。

すると、馬車はゆっくり降下していく。

どうやら、目的地に着いたらしい。

『空から真っ直ぐ来たからか、随分と早かったな』と驚く中、馬車は無事着地した。

と同時に、父は紐を解く。

「降りるぞ」

山に続く森を見据え、父は『ここから歩きだ』と告げた。

――と、ここでイージス卿が率先して馬車を降りる。

周辺の様子を確認してからこちらに向き直り、『どうぞ』と促した。

それを合図に、父やグランツ殿下も地上へ降り立つ。

私は一体、いつまでお父様に抱っこされていればいいのかしら？

『ちゃんと歩けるんだけど……』と思案しつつ、私はふと顔を上げた。草木の優しい匂いにつられて。

『何気にここまで自然豊かな場所へ来たのは、初めてかもしれない』と考えていると、護衛のサンクチュエール騎士団が駆け寄ってきた。

騎士の礼を取って挨拶する彼らは、いそいそと陣形を整える。

「公爵様のご命令通り、下調べはしっかり行いました。安全なルートも確保済みです」

「よくやった」

珍しく手放しで褒め称え、父はニンフ山を見上げる。

「何人か、馬車の警備に残して山へ入るぞ」

「「はっ」」

即座に応じる姿勢を見せたサンクチュエール騎士団に、父は小さく頷き歩き出す。

抱っこしたまま行く気なのか、その足取りに迷いはなかった。

「公爵様は相変わらず、過保護だな」

ゲンナリした様子で父を見つめ、ルカは『ったく、立派な親バカになりやがって』と零す。

すっかり呆れ返っている彼を他所に、私達一行は森の中へ入った。

「まずはここから一番近い大木の元へ行きましょう」

「ああ、案内は任せる」

「畏まりました」

そう言うが早いか、サンクチュエール騎士団の団長フィリップ・アーロン・ヒックス卿は先頭へ躍り出た。

『こちらです』と促す彼に、父達は黙ってついて行く。

すると、直ぐに────美しい緑を纏う大木が見えてきた。

す、凄く大きい……正直、ここまでとは思ってなかったわ。

屋敷より巨大な木を前に、私は目を白黒させる。

「ここに精霊が……」

「ああ、恐らくな」

大木の前で足を止め、父はゆっくり私を下ろす。

そして、地に足をつけた瞬間――――大量の葉っぱが降ってきた。

それも、私目掛けて。

「うわっ……!?」

あっという間に葉っぱまみれになった私は、『何!?』と困惑する。

でも、おかげで精霊の存在を確信出来た。

だって、こんなことが出来るのは自然を操れる彼らだけだから。

まだ姿は見えないけど、どこかにいるはず……!

キョロキョロと辺りを見回し、私は必死に目を凝らした。

が、急に腕を引っ張られる。

「ベアトリスお嬢様、お下がりください！」

「こんなのどう考えても、異常です！」

「絶対に私達の傍から、離れないでください！」

サンクチュエール騎士団の方々は葉っぱを攻撃と捉えたのか、思い切り身構える。

『早く撤退を……！』と焦る彼らの前で、父は私の頭に載った葉っぱを取り払った。

「大丈夫だ。あちらに敵意はない。恐らく、ちょっとしたイタズラのつもりなんだろう」

『放っておけ』と告げる父は、おもむろに後ろを振り返る。

「イージス」

「はい！」

「精霊はどこにいる？」

「分かりません！　精霊に会ったことないので！」

清々しいほどの即答に、父は少し考え込むような動作を見せた。

かと思えば、葉っぱを一つ手に持った。

「じゃあ、質問を変える。この葉っぱに含まれる力を一番感じる場所は、どこだ？」

「あっ、それならあちらです！」

ここから見える一番太い枝を指さし、イージス卿は『アレが精霊ですか！』とワクワクする。

相変わらずの勘の良さを発揮する彼の前で、父は少し身を屈めた。

「ベアトリス、あそこに向かって話しかけてみなさい」

「えっ？　でも……姿を見せないということは、あちらに対話する気がないのでは？」

「それはやってみないと、分からない」

『やる前から諦めてどうする』と主張する父に、グランツ殿下も同調した。

「第一、姿を見せない理由が『会話したくないから』とは限らないだろう？　ただの人見知りかもしれないし」

「てか、本気で接触する気がないなら葉っぱを降らせて、気を引くような真似はしねぇーだろ」

『あれは完全にカマチョだ』と明言するルカに、私は少しだけ頬を緩める。

ルカ達がそう言うなら……頑張ってみようかな。

ギュッと胸元を握り締め、私はイージス卿の示した場所へ視線を向けた。

「ぁ……えっと、私はベアトリス・レーツェル・バレンシュタインと言います。今日は精霊に会いたくて、ここまで来ました。良ければ、その……姿を見せてくれませんか？」

『失礼のないように』と気をつけながら、話し掛けると――例の枝にピンク色のキツネが現れる。

小型犬サイズのソレはフサフサの尻尾を揺らして、枝から舞い降りた。

かと思えば、こちらまで歩いてくる。

「ほう。これが精霊か。思ったより、可愛らしい見た目だね」

「つーか、こんなにあっさり接触を許すなんて意外だな。公爵様を連れてきたからか？」

警戒心皆無の精霊を前に、ルカは『やっぱ、選ばれし者は違うな～』と零す。

――と、ここで精霊が私の足に頭を擦り付けてきた。

まるで、好意を表すかのように。

「す、姿を見せてくれてありがとうございます。その……凄く嬉しいです」

足に当たるフワフワした感触に頬を緩めつつ、私は『ここから先、どうしよう？』と悩む。

いきなり契約の話を出していいものか、分からなくて……。

『雑談しようにも、話題が……』と困っていると、精霊が前足で私の膝を叩いた。

かと思えば、二本足で立ったままこちらを見上げる。

「これはどういう反応かしら……？」

「抱っこしてほしいんじゃないですか？　多分」

横から顔を覗かせてきたイージス卿は、『ほら、抱っこしやすいよう前足を広げているし』と述べる。

だ、抱っこ……？　私が？　精霊を？

それって、失礼にならない？　というか、何でこんなに好意的なの？

『お父様がいるにしても、これは……』と疑問に思いつつも、私は一先ず膝を折った。

すると、精霊は嬉々として抱きついてくる。

「い、イージス卿の言う通りだったわね」

ご機嫌で頬擦りしてくる精霊に、私は目を白黒させた。

『精霊って、案外甘えん坊なのかしら？』と考えながら精霊の体に手を添え、立ち上がる。

「凄く懐いているね。人馴れしているのかな？」

興味深いといった様子でこちらを見つめ、グランツ殿下は手を伸ばす。

恐らく、精霊の頭を撫でようとしたのだろう。

これだけ好意的なら大丈夫だ、と判断して。

でも――

「おっと、私は好かれていないようだ」

――険しい顔付きで精霊に威嚇され、グランツ殿下は慌てて手を引っ込めた。

『残念』と零す彼の横で、父は精霊をつまみ上げる。

その途端、精霊は低く唸るものの……グランツ殿下の時のように、牙を剝き出しにして怒ることはなかった。

ただ、好意的な態度とは程遠い。

あ、あら……？　精霊はお父様を慕っていたんじゃないの？

だから、娘の私にも好意的に接してくれたんじゃ……？

『聞いていた話と違う』と戸惑い、私はルカやグランツ殿下へ視線を向ける。

が、彼らもこれは予想外だったようで『分からない』と首を横に振られるだけだった。

困惑した様子で精霊を眺める彼らを他所に、父は精霊を投げ捨てる。

「ベアトリスの腕に負担が掛かるから、抱っこはここまでだ」

地面に着地したピンク色のキツネを一瞥し、父は『疲れてないか？』と声を掛けてきた。

体調を気遣う彼に対し、私は苦笑を浮かべる。

「私なら、大丈夫ですわ」

「なら、いいが……無理はするな。それから――――」

そこで一度言葉を切ると、父は上手にお座りする精霊を見下ろした。

「――――さっさと契約した方がいい。今日中にあと三箇所回らないといけないからな。時間を掛けるのは、得策じゃない」

夕方までにはここを発たないといけないため、父は珍しく急かしてくる。

何としてでも、野外研修を一回で終わらせたいのだろう。

「契約の仕方は分かるか?」

「はい。確か名付けをして、それが精霊に受け入れられれば成立するんですよね?」

「ああ、そうだ。セイでもレイでも何でもいいから、名付けてみなさい」

精霊という単語から取ったであろう二つの名前に、私は苦笑を漏らす。

別に意味や響きは悪くないと思うが、ちょっと安直すぎる気がして。

『私の名前はお母様が付けてくれたのかしら?』なんて考えながら、精霊へ向き直った。

と同時に、膝を折る。

「えっと……もう分かっていると思いますが、私は貴方と契約したいんです。私の魔力は無属性で、魔法を使えないから……」

魔道具である程度、補えているものの……純粋に魔法と呼べる力はなかった。

でも、精霊と契約すれば普通の魔導師と遜色ない力を手にすることが出来る。

「精霊は契約者の魔力を借りて、自然を操れると聞きました。なので、その……力を貸してほしいんです。私が魔法を使えるように」

――そして、自分の身を守れるように。

とは言わずに、そっと精霊の前足を握った。

満月のような黄金の瞳を前に、私は一つ深呼吸する。

『ダメだったら、どうしよう』という不安を一旦押し込め、柔らかく微笑んだ。

「もし、私の願いを聞き届けていただけるならどうかこの名前をもらってください――バハル」

古代語で春を意味する言葉を与えると、精霊はキャンと吠える。

その瞬間、花の甘い香りがここら一帯を包み込み、とても心地よい感覚に見舞われた。

かと思えば、

「四季を司りし天の恵み、ベアトリス・レーツェル・バレンシュタイン様。春の管理者バハルが、ご挨拶申し上げます」

と、聞き覚えのない声が耳を掠めた。

ハッとして目を見開く私は、まじまじとキツネを見つめる。

「い、今バハルって……じゃあ、この声は……」

「はい、私《わたくし》めの声にございます」

優雅にお辞儀しニッコリ微笑むバハルに、私はもちろん……父やグランツ殿下も目を剥いた。

「契約したら精霊が人間の言葉を話せるのは知っていたが、まさかこんなに流暢に喋れるとは……」

「大抵はカタコトだって、聞いたんだけど……」

『個人差あるのかな?』と頭を捻るグランツ殿下に、バハルはチラリと視線だけ寄越す。

「私は千年以上生きた精霊なので、特別なのです」

「へぇー。そんなに長くここにいたんだ。他の誰かと契約する気はなかったの?」

僅かに身を屈め、グランツ殿下は『ずっと同じ場所に留まるのは退屈だろう?』と問うた。

というのも、精霊は基本生まれた場所から動けないから。

どういう理屈かは分からないのだが、生まれた場所から生成されたマナ以外吸収出来ないのだ。

精霊にとって、マナは命の源そのもの。ないと困る。

でも、人間と契約した場合は別で……契約者から魔力、もといマナを吸収出来るようになるため自由に動けた。

「私達季節の管理者は、四季を司りし天の恵みと出会うため生まれてきました。他の者と契約し、この地を離れるなど言語道断です」

少し眉間に皺を寄せながら、バハルは答える。

――――と、ここでイージス卿が手を挙げた。

「あの！　さっきから気になっていたんですけど、その『季節の管理者』とか『四季を司りし天の恵み』とかどういう意味なんですか！」

心底不思議そうに首を傾げるイージス卿に、バハルは一つ息を吐く。

まずはそこからか、とでも言うように。

「季節の管理者は分かりやすく言うと、精霊を束ねる者達のことです。人間達は精霊王と呼んでいるようですが」

『正式名称はこっちです』と語り、バハルはこちらを見つめる。

「それから、四季を司りし天の恵みは我々季節の管理者を従えることが出来る唯一の存在のことを指します」

「えっ……？」

「ベアトリス様のことですよ」

ポスッと私の靴に前足を置き、バハルは穏やかに微笑んだ。

「ずっとずっとお待ちしておりました、私はもちろん――――他の三名も」

「他の……」

「はい。あと、夏・秋・冬の管理者がおります。ただ、今は三名とも深い眠りに入っていまして……接触するのは難しいかもしれません。ただ、そう遠くない未来に会えるはずですよ」

『心配は要りません』と言い、バハルは膝に頭を擦り付けてきた。

「ですから、今は……今だけは私に独占させてください、ベアトリス様のことを――――今度こそ、守ってみせますから」

今度こそ……？　まるで、一度守れなかったみたいな言い方をするのね。

単なる言葉の綾かしら？

「ベアトリス様、これからどうぞよろしくお願いします」

「え、ええ、こちらこそ。バハルの契約者になれて、とても光栄です」

反射的に言葉を返すと、バハルはうんと目を細めた。

黄金の瞳をこれでもかというほど、輝かせながら。

「いえいえ、それはこちらの言葉です。あと、敬語はどうかおやめください。我々季節の管理者は四季を司りし天の恵みの手足であり、下僕《しもべ》であり、手段ですから。そのように畏まる必要はありません」

まるで自分のことを物のように扱い、バハルは『もっと気楽に接してください』と述べる。

こっちが申し訳なくなるほど謙るキツネに、私は眉尻を下げた。

「それはえっと……難しいかもしれません。私にとって、精霊はとても尊い存在で……一種の憧れですから」

「身に余るお言葉です。ですが、我々にとっても四季を司りし天の恵みは崇高な存在であるため、そのように畏まられると気後れしてしまい……」

困ったように笑うバハルに、私は『いや、でも……』と食い下がる。

その応酬が暫《しばら》く続き、着地点を見極めていると――――グランツ殿下が身を乗り出してきた。

「いっそのこと、二人とも畏まった態度をやめるというのはどうだい？」

「「えっ？」」

「互いに友達のように振る舞えばいいよ」

『どうだ、名案だろう？』とでも言うように、グランツ殿下は胸を反らす。

喧嘩両成敗のような展開に、私とバハルは顔を見合わせた。

「えっと……私はバハルさえ良ければ、それで……」

「正直、恐れ多いですが……ベアトリス様が敬語をやめて下さるなら、その……努力します」

「じゃあ、決まりだね。今この瞬間より、二人は友人だ。気楽に接したまえ」

『はい、これで解決』と笑い、グランツ殿下は身を起こした。

かと思えば、雲一つない青空を見上げる。

「さて、そろそろ引き上げようか。バハルの話によると、他の三名は眠っているみたいだし」

『行っても会えないだろう』と主張し、グランツ殿下は父の方を振り返った。

すると、父は少し迷うような動作を見せてからこう答える。

「いえ、せっかくの外出ですからもう少しここにいましょう。辺りを散歩するだけでも、ベアトリスにとっては貴重な体験になると思います」

◇◆◇◆《グランツ side》

ほう？　驚いたな。公爵の口から、そんな言葉が出てくるとは。

迷わず、帰宅を早めると思ったのに。

『公爵も成長したね』と微笑ましく思う中、彼はベアトリス嬢の手を引いて歩き出す。

それに続く形で、バハルやイージス卿も歩を進めた。

「ベアトリス、これは月華草《げつかそう》だ。風邪薬の材料になる。それでこっちは――――」

近くにある植物を手当り次第説明し、公爵はひたすらベアトリス嬢の関心を引く。

きっと、彼なりにベアトリス嬢との外出をいい思い出にしようと必死なのだろう。

植物なんて、最近まで全く興味なかったのに……この日のために勉強してきたのかな？

だとしたら、本当に親バカだね。

『ただでさえ、忙しかっただろうに』と苦笑する中、ベアトリス嬢はキラキラと目を光らせた。

「お父様は博識ですね。とっても、勉強になります」

『凄い凄い』と心底感心している様子のベアトリス嬢に、公爵はほんの少しだけ表情を和らげる。

喜んでいる娘を見て、誇らしい気持ちになっているようだ。

『勉強してきた甲斐があったね』と思いつつ、私はゆったりとした足取りで彼らを追い掛ける。

その際、フサフサと揺れるピンク色の尻尾が目に入った。

たまたまなのか、わざとなのか……私とベアトリス嬢の間に割って入る精霊を前に、スッと目を細める。

と同時に、さりげなく黒髪の男性へ近づいた。

「ねぇ、ルカ。精霊のことだけど」

音《声》の拡散を風魔法で防ぎつつ、私は少しばかりトーンを落として話し掛ける。

皆、ニコニコ笑うベアトリス嬢に釘付けとはいえ、油断は出来ないから。

『少なくとも、バハルはこっちに意識を向けているみたいだし』と考える中、ルカはチラリとこちらを見た。

「分かっている。逆行のことだろ？　多分、あの様子だと何かしら掴んでいるな」

バハルからの敵意を敏感に感じ取り、ルカは『ちょっと厄介かも』と零す。

嘗て精霊と私達は敵対関係にあったため、仲間割れの可能性を考えているのだろう。

「自我のある精霊は世界の理を無視出来るから、逆行の影響を受けなかったのかもしんねぇ……」

「だとしたら、仲良くなるのはやっぱり難しいかな？」

「さあな。でも、前みたいに敵対することはないんじゃないか？　――――ベアトリスが生きている限り」

無邪気に笑う銀髪の少女を一瞥し、ルカは後頭部に手を回した。

と同時に、空を見上げる。

「にしても、精霊……それも、季節の管理者とやらと契約を交わしたとなれば、あいつが黙ってなさそうだな」

もう一人の協力者のことを言っているのか、ルカはどこか遠い目をしていた。

「世界滅亡云々《うんぬん》を抜きにしても、ベアトリスとコンタクトを取ろうとするだろうなぁ」

「今は公爵を刺激したくないから、出来ればやめてほしいんだけどね……」

『はぁ……』と深い溜め息を零し、私はやれやれと頭《かぶり》を振る。

――と、ここでルカが視線を前に戻した。

「まあ、あいつには勝手な行動を取らないよう俺から言い聞かせておく。だから、第二皇子の方は頼んだぜ」

「分かっているさ。前のようなヘマはもうしない」

うっかり公爵家への訪問を許してしまったことを思い出し、私は嘆息する。

急ぎの件だったとはいえ、見張りの者が来てから席を立つべきだった、と。

「とはいえ、今のジェラルドではどうすることも出来ないだろうけど。完全に身動きを取れない状況だからね」

「なんだ？　どっかに監禁したのか？」

「人聞きの悪いことを言わないでおくれよ」

『ルカは私を何だと思っているんだ？』と嘆きながら、小さく頭《かぶり》を振った。

「ただ、公爵家の件で謹慎を言い渡されているだけだよ。さすがの父上も『看過出来ない』と仰っていたからね」

「公爵様にそっぽを向かれたら皇室と言えど、ただじゃ済まねぇーもんな」

「ああ。特に今は魔物の動きが活発になっていて、公爵の助力なしでは防衛を維持出来ないから……他国へ亡命されたり、独立されたりしたら本気で困る」

『世界滅亡云々の前に帝国が滅びるよ』と語り、私は額に手を当てる。

だって、公爵の場合ベアトリス嬢のためならそれくらいやってのけそうだから。

『ベアトリスの過ごしにくい国など、いらん』とか、何とか言って……。

最悪のシナリオを脳内で思い描き、私は少しばかり血の気が引いた。

……ジェラルドのことはもっと注意深く、見ておこう。

『油断禁物だ』と再度自分に言い聞かせ、私はベアトリス嬢の保護と守護を改めて誓った。

た。

◇◆◇◆《ジェラルド side》

「――ジェラルド殿下、本日もベアトリス様からのお返事はありません」

そう言って、震えながら頭を下げるのは――従者のオスカー・ランベール・ワイツマンだっ
褐色の肌を青白く変化させ、こちらの顔色を窺う彼はすっかり怯えてしまっている。

というのも、横領に関する証拠を僕に握られているから。

こちらの機嫌を損ねれば、即座に衛兵へ突き出されると思っているのだろう。

そんな勿体ないこと、するはずないのに。

もちろん、こちらに不利となることをすれば話は別だけど。

でも、今は自由に使える駒が少ないからこれしきのことで処分を下すことはない。

『結果的に損をするのは僕』と考えつつ、席を立った。

何の気なしに窓辺へ近寄り、そっと外の様子を眺める。

皇帝より謹慎を言い渡されてから、早一ヶ月半……僕は一度も部屋から出ていない。

おかげでベアトリス嬢に接触することはおろか、外部の情報を集めることも出来なかった。

まあ、オスカーから簡単な情報は手に入るけど。

「既に十通も手紙を送っているのに返信なし、か……第一皇子に手紙の送付を邪魔されている可能

性は？」

「ジェラルド殿下からのお手紙は私自らお届けしているため、その可能性は低いかと……ただ、ベアトリス様からの返信はもしかしたら……」

「いや、そっちの心配は要らない。いくら、あの男でも公爵令嬢の手紙を横取りするような真似はしないだろう」

ベアトリス嬢のバックにいる人物を考え、僕はトントンと窓の縁を指で叩く。

考えられる可能性は二つ。

ベアトリス嬢が僕の手紙を無視しているか、あるいは――――公爵が手紙を勝手に処分しているか。

個人的には、後者の可能性が高いと思う。

ベアトリス嬢のために使用人を全員解雇し、フィアンマ商会の子供向け商品を全て買い上げたくらいだから。

娘をかなり溺愛しているのは、間違いない。

だからこそ、ベアトリス嬢と関わりを持ちたいんだけど……

「結果的に得をしているのは、第一皇子の方なんだよな」

何故か最近頻繁に公爵家へ出入りしている兄を思い浮かべ、僕は眉間に皺を寄せる。

どういう理由で訪問を許されているのかは分からないが、キッカケは恐らくあの出来事。

『一体、どうやって公爵を丸め込んだんだか……』と思案していると、オスカーが手を挙げた。

「あ、あの……グランツ殿下のことなんですけど」

おずおずといった様子で顔を上げ、オスカーは青い瞳に不安を浮かべる。

どうやら、あまりいい話ではないらしい。

「私もつい先程、知ったことなんですが……グランツ殿下はベアトリス様の家庭教師になったそうです」

「!?」

衝撃のあまりカッと目を見開くと、オスカーは大袈裟なくらい肩を震わせた。

その際、短く切り揃えられた茶髪が揺れる。

そうか……そういうことか。

ただの交流にしては、随分と訪問の回数が多いと思っていたんだ。

ようやく合点が行き、僕は大きく息を吐いた。

「それにしても、家庭教師か……」

通常、皇族はそんなことしない。

でも……いや、だからこそ請け負ったのだろう。

バレンシュタイン公爵家を引き込むために。

『第一皇子もベアトリス嬢との婚約を狙っているのか』と眉を顰め、僕は窓の縁を思い切り殴りつけた。

どう考えても、こちらが不利な状況だから。

あの男なら、勢力拡大よりも公務を優先すると踏んでいたんだが……どうやら、心境に変化があったようだ。

「厄介極まりない……」

皇位を得るために一番必要なピースを持っていかれそうな状況に、僕は不快感を覚えた。

これでもかというほど苛立ちながら、今後のことを考える。

兎にも角にも、ベアトリス嬢と接触しなければ始まらない。

でも、現状関係を築くチャンスはない……けど、もう少し待てば――――ベアトリス嬢の社交界デビューがある。

ルーチェ帝国の貴族は、基本七歳になったら皇室主催のデビュタントパーティーに参加しないといけない。

いくら公爵令嬢といえど、例外ではないだろう。

問題はそれまでに僕の謹慎が解けるかどうかだけど、多分こちらも問題ない。

なんせ、僕もデビュタントを控えている身だからね。

さすがの皇帝も考慮してくれるはず。

皇族がデビュタントを先延ばしにするなんて、恥以外の何ものでもないだろうし。

渋々ながらも謹慎解除を言い渡す皇帝を想像し、僕はスッと目を細める。

あと、欲を言うならばベアトリス嬢のパートナーになりたいけど……多分、無理だよね。

まあ、一応誘うだけ誘ってみるか。

『ダメで元々と言うし』と思い立ち、僕はクルリと身を翻した。

「オスカー、紙とペンを用意しろ」

◇◆◇◆

──初めての外出から、早一週間。

私は父の書斎に呼び出され、大量の手紙を見せられた。

『何これ？　軽く百通はありそうだけど……』と疑問に思っていると、父が眉間に皺を寄せる。

心做しか、目つきも鋭かった。

「ベアトリス、もうすぐデビュタントパーティーを控えているのは知っているな？」

「はい」

先日からデビュタントの準備で講義もお休みしているため、私はすんなり首を縦に振った。

『それがどうしたのだろう？』と頭を捻る中、父は執務机に両肘を突く。

「……それで、パーティー中エスコートしてくれるパートナーを決めないといけない」

「あっ……」

すっかりパートナーの存在を忘れていた私は、まじまじと手紙を見つめる。

『これ、全部パートナーのお誘い？』なんて、思いながら。

前回は悩むまでもなく、ジェラルドがパートナーを引き受けてくれたから問題なかったけど……今回はそうも行かない。

というか、そうさせる訳にはいかない。

『私の心臓が止まる……』と辟易していると、父が下を向いた。

「本当はベアトリスを他の男に預けるなんて、嫌で堪らないが……パートナーなしでデビュタントに参加すれば、周りから白い目で見られるかもしれない。まあ、そいつらにはキツいお灸を据えるが……」

いつもより数段低い声でそう言い、父はギロリと手紙の山を睨みつける。

「……それはそれとして、パートナーは用意しておいた方がいい。毎年恒例の行事として、社交界デビューを果たす者達はデビュタントパーティーの最初のワルツでダンスを披露しなければならないから」

『踊る相手がいなければ、困る』と主張する父に、私は首を縦に振った。

それはまさにその通りだから。

「一応、こちらで差出人の容姿・性格・能力などを調査してベアトリスお嬢様に相応しい方を厳選しました。なので、どなたを選ばれても問題ありません」

身辺調査に相当手間を掛けたのか、ユリウスはかなり疲れているようだった。

『もう休みたい……』と嘆く彼を他所に、父は真っ青な瞳に不快感を滲ませる。

「『厳選』とは言ったが、かなり妥協した末に選んだ奴らだ。期待はするな」

「いやいやいやいやいや……！　公爵様の求めるレベルが高すぎるんですよ！　あんな基準や条件だと、候補者一人も残りませんよ!?」

思わずといった様子で口を挟み、ユリウスは『親バカも大概にしてくださいよ！』と喚く。

が、父は微動だにしない。

相変わらず仲のいい二人を前に、私はクスリと笑みを漏らした。

と同時に、膝の上へ載せたバハルを優しく撫でる。

「ベアトリス様、デビュタントとやらはかなり厄介なんですね……じゃなくて、なのね」

お互いに敬語をやめると約束したため、バハルは慌てて言い直した。

物珍しげに手紙を眺めるバハルの前で、私はそっと眉尻を下げる。

「そうね。でも、避けては通れない道だから頑張らなきゃ。バハルも一緒にパートナーを選んでくれる？」

「もちろん」

頼られたことが嬉しいのか、バハルは頻《しき》りに尻尾を振った。

『最高のパートナーを選んでみせる』と意気込むキツネを前に、私はとりあえず手紙を手に取ってみる。

「こっちはバーナード伯爵令息で、あっちは……えっ？　ザラーム帝国の皇帝陛下から？」

まさか他国からもお誘いを受けているとは、知らず……唖然とする。

『しかも、皇帝って……』と困惑する中、ルカが床からひょこっと顔を出した。

ババルがいるからか、最近席を外すことの多い彼は軽く手を挙げて挨拶する。

それに小さく頷いて応えると、ルカはテーブルにある大量の手紙を見下ろした。

「なんだ、これ」

怪訝そうに眉を顰めるルカに、私は封筒から取り出した便箋をさりげなく見せる。

すると、直ぐに状況を呑み込んだようだ。

「あー……デビュタントか。そういやぁ、そんなのあったな」

ガシガシと頭を掻きながら、ルカは手紙の山をじっと眺める。

「おっ？　グランツからも来てんじゃん。他のやつに比べれば付き合いも長いし、こいつにすれば？」

『めちゃくちゃエスコート上手いぞ』と述べるルカに、私は悩むような動作を見せた。

正直、私もグランツ殿下が一番いいと思う。

ただ、彼をパートナーにしてしまったら婚姻関係の噂が立ちそうで……いや、家庭教師をしてもらっている時点で手遅れかもしれないけど。

でも、出来れば皇位継承権争いには首を突っ込みたくない。

前回で嫌というほど、味わったから……権力の恐ろしい部分を。

『今回は平穏に過ごしたい』という思いがあり、私はパートナー選びに苦悩する。

でも、なかなかいい人を見つけられず……悶々とした。

「はぁ……お父様と出席出来れば、こんなに悩まなくて済むのに」

「!!」

ちょっとした冗談のつもりで呟いた一言に、父はこれでもかというほど反応を示した。

かと思えば、勢いよく席を立つ。

「そうか……その手があったか」

「えっ？　ちょっ……公爵様!?」

慌てた様子で父の前に躍り出るユリウスは、『落ち着きましょう!?』と言い聞かせる。

が、父はもう腹を決めたようで……

「ベアトリス、デビュタントパーティーのエスコートは私が引き受けよう」

と、申し出てきた。

かなり本気らしく手紙の山をさっさと暖炉に放り込み、火をつけている。

『誰がウチの娘をやるものか』といきり立つ父の前で、ユリウスは崩れ落ちた。

「何週間も費やして、相手を厳選した意味〜！」

『私の努力が〜！』と嘆き、ユリウスはエメラルドの瞳を潤ませる。

どんどん灰となっていく手紙を前に、大きく息を吐いた。

「言っても無駄だと思いますが、一応言いますすね。親子でデビュタントパーティーに参加するなんて、恐らく史上初ですよ」

「だから、どうした？　別に『父親をパートナーにしちゃいけない』なんて決まりはないのだから、いいだろう」

「それを屁理屈と言うんです……」

「娘を他の男に預けなくて済むなら、屁理屈で構わない」

これでもかというほど開き直る父に対し、ユリウスはガクリと項垂れた。

かと思えば、

「この親バカ〜！」

と、力いっぱい叫ぶ。

でも、説得はもう諦めているようで……反対することはなかった。

『はいはい、そう手配しますよ』と言いながら立ち上がり、ユリウスは部屋を出ていく。

なんだかんだ私達のワガママを聞いてくれるあたり、優しい人だ。

「ベアトリス、あとのことはこっちでやっておくから部屋に戻りなさい。今日はもう疲れただろう？」

『夕食まで少し横になるといい』と気遣う父に、私はコクリと頷いた。

正直ここに残っても、邪魔にしかならないと思ったから。

私は私でやらないといけないことがあるし……。

ジェラルドの顔を思い浮かべながら立ち上がり、私は速やかに退室する。

そして自室に戻ると、直ぐさま人払いを行った。

そのため、ここには私とルカしかいない。

「ねぇ、ルカ。デビュタントパーティーには、きっとジェラルドも参加するわよね？」

「ああ。グランツの話によると、早速準備を始めているらしいぜ」

「じゃあ、間違いなくパーティー当日に顔を合わせるわね」

ついに因縁の相手と会うことになり、私は小さく肩を落とす。

今回は数ヶ月前のように、遠目から眺めるだけじゃ済まないだろうから。

『会話……することになるのかしら？』と嘆く私の前で、ルカは頭の後ろに手を回す。

「まあ……挨拶くらいは、することになるかもな。でも、公爵様が一緒なら大丈夫だろ。グランツだって、『目を光らせておく』って言っていたし」

二人きりになったり長時間会話したりすることはないはずだと主張し、ルカは小さく笑った。

「それにいざって時は、俺の魔法でどうにかしてやるよ。だから、あんま心配すんなって」

『七歳のガキにしてやられるほど、柔じゃねぇーよ』と言い、ルカは胸を反らす。
絶対に守り切る、という自信を滲ませて。
そうよね。私にはルカや皆がいる。
不安になる必要なんて、ないわ。
『どんと構えるべきよ』と自分に言い聞かせ、私は真っ直ぐ前を見据えた。

◇◆◇◆

――デビュタントに向けて準備を始めてから、二ヶ月。
夏の訪れを感じさせる温かい日差しが降り注ぐ頃、ついにパーティー当日を迎えた。
「ベアトリス様、綺麗」
『ほう……』と感嘆の息を漏らし、バハルはうっとりとした様子でこちらを見つめる。
一目でお世辞じゃないと分かる賛辞に、私は頰を紅潮させた。
まだ誰かに褒められるのは、慣れてなくて……。
それにお父様の用意してくれたこのドレスは、私にはちょっと派手だと思うし……。
輝いているとすら感じる金色のドレスを見下ろし、私は白のグローブを軽く引っ張る。
ちょっと皺が出来ていたから。

「ありがとう、ババハル」

毛がつかないよう距離を取ってくれているキツネに微笑み、私は鏡へ向き直った。

すると、白のカチューシャやムーンストーンのイヤリングが目に入る。

父が色々悩んで決めてくれたものだからか、いつもの髪型でも凄く華やかに見えた。

『それでも、やっぱり派手すぎるような……？』と思案する中、部屋の扉をノックされる。

「ベアトリスそろそろ時間だが、準備は出来たか？」

お父様……！

姿が見えずとも声で分かる大好きな家族の来訪に、私はパッと表情を明るくした。

と同時に、扉へ駆け寄る。

「お待たせしました。いつでも出発出来ます」

扉を開けて廊下へ出ると、私は父の姿に少し驚く。

だって――――私と同じく、金色をベースにした装いだったから。

恐らく、わざとお揃いにしたのだろう。

『衣装の準備を請け負ってくれたのは、そういうことか』と納得しながら、私は頰を緩めた。

「とても綺麗です、お父様」

「それはベアトリスの方だろう。今回の主役は我が娘で決まりだな」

『皇帝すら霞んで見えることだろう』と言い、父はこちらに手を差し伸べる。

「多少外野がうるさいかもしれないが、ベアトリスは自分のことだけ考えていればいい。話し掛けられたからと言って答えてやる必要も、ダンスに誘われたからと言って応じてやる必要もない。お前は私の一人娘なのだから。好きに振る舞いなさい」

『こういう時のための権力だ』と強気に言い放ち、父は少しだけ笑った。

何も心配する必要はないんだぞ、とでも言うように。

「はい、お父様」

笑顔で首を縦に振る私は、差し出された手に自身の手を重ねた。

そして父にエスコートされるまま馬車へ乗り込むと、皇城へ向かう。

初めての外出の時と違い、きちんと道路を通っているためちょっと楽しかった。

前回は迎えに来てくれたジェラルドと話してばかりで、よく景色を見られなかったから。

『街って、こんな風になっているのね』と目を輝かせる中、馬車は高く聳《そび》え立つ城へ到着した。

前回も何度か来たことがあるけど、本当に大きいわね。

『壮観』の一言に尽きる建物を前に、私は馬車を降りる。

残念だが、バハルとはここで一旦お別れだ。

さすがに飲食物もあるパーティー会場へ、動物は連れて行けないから。

まあ、実際は精霊なんだが……。

「バハル、退屈だったら一足早く屋敷に帰ってもいいからね」

「ううん、大丈夫よ。待つのは、慣れているから」

「そこに軽食を置いてあるから、適当に食べておけ」

「精霊は食事しなくてもいいんだけど……まあ、ありがとう」

ベーグルサンドの入ったバスケットを一瞥し、バハルはちょっとつれない態度を取る。

でも、これは単なる照れ隠しで……本当は喜んでいるはずだ。

だって、バハルは人間の食べ物に凄い関心を持っているから。

この前だって、シェフの作ったケーキを『美味しい美味しい』と平らげていた。

『精霊って、案外食いしん坊なのかも』と思いつつ、私は小さく手を振る。

「それじゃあ、また後でね」

『お見送りありがとう』と言い残し、私は父と共に皇城の中へ入った。

そこで案内役の侍従に招待状を見せ、会場へ連れて行ってもらう。

開きっぱなしの扉を前に、私は小さく深呼吸した。

『いよいよ、本番ね』と意気込む中、衛兵は大きく息を吸い込む。

「────リエート・ラスター・バレンシュタイン公爵閣下と、ベアトリス・レーツェル・バレンシュタイン公爵令嬢のご入場です！」

その言葉を合図に、私達は会場内へ足を踏み入れ、注目の的となった。

親子でデビュタントに参加するのは前代未聞だからか、皆面食らっている。

「ちょっと、あれっていいの？」

「ダメ……ではないと思うが、普通はやらないな」

「結婚が遠のくものね」

「パートナーを引き受けたり、お願いしたりして結ばれる縁もあるからな」

ヒソヒソと囁かれる言葉の数々に、私は少し萎縮してしまう。

一応、覚悟はしていたが……人に注目されるのは、やはり慣れない。

『早く違うものに興味が移らないかな……？』と考えていると、父が不意に顔を上げた。

「最近の小鳥は随分と囀《さえず》るな。舌を切り落とされたいのか？」

「「ひっ……！」」

ビクッと大きく肩を揺らして、周囲の人々は口を噤んだ。

と同時に、下を向く。

父と視線を合わせないように。

「ここはいつから、野鳥を放し飼いするようになったんだ」

言葉の端々に嫌悪感を滲ませながら、父は一人一人順番に視線を向けていく。

――――と、ここで視界の端に金髪を捉えた。

「――――まあ、そう怒らないでくれ、友よ」

そう言って、父の肩を軽く叩いたのは――――ルーチェ帝国のトップである、エルピス・ルーモ・ルーチェ皇帝陛下だった。

胸辺りまである金髪を揺らし、私達の前に躍り出た彼はアメジストの瞳をスッと細める。

その後ろには、グランツ殿下やジェラルドの姿もあった。

覚悟はしていたけど……やっぱり、ジェラルドを見ると緊張するわね。

でも、グランツ殿下がさりげなくジェラルドの姿を隠してくれているおかげか、思ったより恐怖はない。

あくまで『今のところは』の話だけど。

『話し掛けられたら、また違うんだろうな』と思案する中、父は面倒臭そうに眉を顰める。

「いつの間に入場していらしたんですか」

「ついさっきだよ。まあ、公爵の気迫に呑み込まれて皆気づいていないようだったが」

「……それは失礼しました」

「いやいや、構わないさ」

『はっはっはっはっ！』と軽快に笑い飛ばし、エルピス皇帝陛下はバシバシと父の背中を叩いた。

かと思えば、軽く挨拶して奥へ歩を進める。

そろそろ、パーティーの開始時刻が迫っているのだろう。

『相変わらず、凄く豪快な人だな』と考えていると、エルピス皇帝陛下らが玉座に腰を下ろした。

その途端、辺りは一層静まり返る。

「皆の者、今日は余の主催するデビュタントパーティーへよく来てくれた。心より感謝すると共に、本日社交界デビューを果たす若人達《わこうど》に祝福の言葉を送る。本当におめでとう」

『これで君達も立派な紳士淑女だ』と語り、エルピス皇帝陛下は穏やかな笑みを浮かべた。

と同時に、隣の隣……グランツ殿下を挟んだ向こうにいるジェラルドを見つめる。

「既に知っている者もいるだろうが、我が息子のジェラルドも本日社交界デビューを果たす。まだまだ未熟なやつだが、余の愛する子供だ。是非仲良くしてやってくれ」

親としての愛情か、エルピス皇帝陛下はジェラルドに少しばかり配慮した。

きっと、グランツ殿下と違って後ろ盾のない……母親のいない、、、ことを気にしているのだろう。

皇位継承権争いにおいて、皇子の母親――――皇后や皇妃は重要になってくるから。

逆行前も含めて会ったことのないジェラルドの母について思い返す中、私は父から果実水の入ったグラスを受け取る。

と同時に、エルピス皇帝陛下が立ち上がった。

「それでは、若人達の門出《かどで》を祝して――――乾杯」

手に持ったグラスを軽く持ち上げ、エルピス皇帝陛下は『パーティーを楽しんでくれ』と述べる。

それを合図に、私達招待客もグラスを高く掲げ、『乾杯』と復唱した。

――――と、ここで皇室お抱えのオーケストラが音楽を奏でる。

いよいよ始まったデビュタントパーティーを前に、私は果実水を口に含んだ。

『スッキリしていて美味しい』と目を細める中、父はそっと私の手を引く。

「ベアトリス、疲れただろう？　少し休もう」

開始早々休憩を挟もうとする父に、私は目をぱちくり。

だって、まだ乾杯しかしていないのだから。

何より、もうすぐ――――最初のワルツが始まるはず。

「いえ、大丈夫です。お気遣い、ありがとうございま……」

「公爵並びにベアトリス嬢、初めまして。第二皇子ジェラルド・ロッソ・ルーチェです。ようやく、挨拶出来たことを嬉しく思います」

いつの間にこちらへ来ていたのか……ジェラルドが恭しく頭《こうべ》を垂れて挨拶してきた。

皇子にしては随分と謙った態度だが、あまりいい印象を覚えない。

それは父も同じようで、少し不機嫌そうにしていた。

それより、どうしてジェラルドがここに……？　グランツ殿下は？

『あれ？』と首を傾げ、周囲を見回すと――――貴族に捕まっている金髪の美青年が目に入った。

どうやら、皇子妃……いや、未来の皇后の座を狙う令嬢達から猛アタックを受けているらしい。

『あれは……しょうがないわね』と理解を示す中、父はグラスを従者に渡した。

「お初にお目に掛かります、ジェラルド殿下」

「そんな堅苦しい挨拶は、要りませんよ。もっと、気軽に接してください。公爵や令嬢とは、是非親しくなりたいと思っていますので」

子供らしい無邪気な笑みを浮かべ、ジェラルドは『敬語も敬称も不要です』と申し出る。

が、父は一切態度を変えない。

それどころか、

「厚かましいところは相変わらずですね」

と、直球で嫌味を零した。

『……えっ？』と困惑するジェラルドを前に、父は私を抱き上げる。

まるで、守るように。

「招待された訳でもないのに、我が家へ押し掛けたことをもうお忘れですか？」

『だとしたら、非常に都合のいい頭ですね』と述べる父に、ジェラルドは頬を引き攣らせた。

でも、何とか平静を保って言い返す。

「それは今まさに謝ろうと思っていて……」

「しかも、先ほどはベアトリスと私の言葉を遮った」

「す、すみません。わざとでは……」

「挙句の果てには、『親しくなりたい』だって？　ふざけるのも、大概にして頂きたい」

『それよりも先に謝罪だろう』と主張し、父は身を翻した。

もう話すことは何もない、とでも言うように。

「公爵閣下があそこまでお怒りになるなんて……ジェラルド殿下はかなり無礼を働いたのね」

「でも、まだ子供でしょう？　もう少し優しくしてあげても……」

「しっ！　公爵様に聞かれたら、どうするんだ」

「バレンシュタイン公爵家を敵に回したら、ルーチェ帝国ではやっていけないんだから気をつけなさい」

先程の注意を思い出したのか、貴族達は慌てて口を噤む。

一度ならず二度も同じ過ちを繰り返せば、本当に公爵《父》の機嫌を損ねると判断したのだろう。

『おほほほほ』と笑って誤魔化す彼らを前に、父はこちらへ視線を向けた。

「ベアトリス、小鳥の囀りが気になるか？」

「えっ？　いえ……」

「本当か？　無理して庇わなくていいんだぞ」

こちらの本心を探るようにじっと目を見つめ、父はコツンッと額同士を合わせる。

「優しさは美徳だが、時には厳しく躾けなきゃいけない。一言『不快だった』と言ってくれれば、私が小鳥達を蹴散らしてこよう」

『娘のためなら、何でも出来る』と断言する父に、私はスッと目を細めた。

「お気持ちは嬉しいですが、本当に大丈夫です。それより、パーティーを楽しみましょう。私、今日のために礼儀作法やダンスを習い直してきたんですよ。お父様にその……たくさん褒めてほしくて」

　こうやって素直な気持ちを口にするのは、まだ慣れてなくて……顔が熱くなる。

『子供みたいなワガママで呆れられていないかな？』と思案していると、父が表情を和らげた。

「お前は生きているだけで偉い」

「えっ……？」

「それなのに、礼儀作法やダンスも出来るなんて……もはや、神の領域に入る素晴らしさだ」

「お、お父様……？　それはさすがに言い過ぎでは……？」

「ベアトリスは何をしても偉いし、素晴らしいし、愛らしい。誰よりも何よりも世界よりも尊い存在だ」

　予想を遥かに上回る褒め言葉の数々に、私は何も言えなくなる。

　だって、あまりにも恥ずかしくて。

　もちろん嬉しい気持ちもあるが、こうも大袈裟に褒められると……狼狽《うろた》えてしまう。

『お父様は至って、真剣だろうし……』と思案しつつ、私は両手で顔を覆った。

「あ、ありがとうございます……もう充分です」

「そうか？　まだ思っていることの十分の一も言えていないが」

「それは……今度でお願いします」

『もうやめて』と叫ぶ羞恥心と、『ちょっと気になる』と考える好奇心が混ざり合い……私は先送りを提案してしまった。

我ながら変な対応だが、父は気にならなかったようで
「分かった」

と、二つ返事で了承する。

相も変わらず私に甘い彼は、『一気に言ったら、つまらないもんな』と何故か共感を示す。

――と、ここで最初のワルツの前奏が始まった。

「そろそろ、行くか」

「はい」

父の腕から降りて手を繋ぐと、私は会場の中央へ出た。

そこには既に同年代の男女が多くいて、みんなこちらをチラチラ見ている。

明らかに親子と分かるペアが出てきて、戸惑いを覚えているのだろう。

「ベアトリス」

父は不意に足を止め、人目も憚《はばか》らず跪《ひざまず》いた。

かと思えば、改めてこちらに手を差し出す。

礼儀作法やダンスを習い直したと言ったからか、普段省略しているマナーを守ってくれるようだ。

「私と踊ってくれないか？」

パートナーなのだから踊るのは当然なのに敢《あ》えて問い、父は表情を和らげる。

自分より遥かに大きくて丈夫な手を前に、私は柔らかく微笑んだ。

「はい、喜んで」

ちょっと擽ったい気持ちになりながら手を取ると、父はスクッと立ち上がる。

そして、音楽に合わせて踊り始めた。

お父様と実際に踊るのは初めてなのに……身長差だってあるのに、息ピッタリ。全然苦じゃない。

『お父様のリードが上手いのかな？』と思いつつ、私はあっという間に最初のワルツを踊り終える。

通常であればここでパートナーを交換し、直ぐに二曲目へ移るのだが……

「ベアトリス嬢、良ければ私と一曲……ひっ！」

父の無言の圧により、男性陣は慌てて身を引いた。

『すみません！　また今度！』と言い残し、蜘蛛の子を散らすように去っていく。

おかげで、私達の周りだけ誰もいない状態となった。

のだが、そこへ近づいてくる者が一人。

「やあ、二人とも」

そう言って、ニッコリ微笑むのはつい先程まで令嬢達に取り囲まれていたグランツ殿下だった。

光に反射して煌《きら》めく金髪を揺らし、私達の傍までやってくる彼はアメジストの瞳をスッと細める。

「さっきはウチの弟がすまなかったね」

「そう思うなら、ベアトリスに近づかないよう言い聞かせてください」

『迷惑です』とハッキリ意思表示する父に、グランツ殿下は苦笑を漏らした。

「一応、注意はしてあるんだよ。何度もね。でも、変なところで頑固というかなんというか……淡い希望を抱いているんだよ。大きな挫折を知らないが故に、無謀というものが理解出来ないんだ」

『何事も上手くいくと錯覚しているのさ』と語り、グランツ殿下は少しばかり表情を曇らせる。

腹違いの弟とはいえ、血の繋がった兄弟。

破滅の道へ片足を突っ込んでいる状態は、見るに堪えないのだろう。

『今、ここで引き返してくれれば……』と願っているグランツ殿下に、私は眉尻を下げた。

私だって、同じ気持ちだから……今は恐怖心しかないけど、一度は愛した人。

不幸になってほしいとは、思わない。私の知らないところで、ただ穏やかに暮らしてほしい。

前回はさておき、今回はまだ大きな過ちを犯していないのだし。

「おっと……あれはまだ諦めていない顔だね」

貴族と話しながらこちらの様子を窺っているジェラルドに気づき、グランツ殿下は嘆息する。

『あれだけ言われて、まだ懲りていないのか？』と。

「面倒なことになる前に止めてくるよ。だから、二人はゆっくりパーティーを楽しんでくれ」

『せっかくのデビュタントなんだから』と言い、グランツ殿下はジェラルドのいる方向へ足を向けた。

令嬢達のアプローチを尽く躱しながら前へ進んでいき、さっさとジェラルドを回収。

その手際の良さには、思わず感心してしまった。

何はともあれ、これで一安心……かしら？

玉座に戻ったグランツ殿下とジェラルドを見つめ、私は少し肩の力を抜く。

あそこなら貴族に囲まれる心配もないため、グランツ殿下がジェラルドをしっかり監視してくれるだろう。

『ダンスも終わった以上、玉座を離れる理由もないだろうし』と考え、私は普通にパーティーを楽しんだ。

時々、父が貴族を……特に歳の近そうな男性を睨みつけていたけど。

比較的平和に過ごせたと思う。

「そろそろ、帰るか」

十時を知らせる鐘の音を聞き、父は『ベアトリスの生活リズムが……』と気に掛ける。

――と、ここで銀の鎧に身を包んだ騎士が駆け込んできた。

「――大変です！　皇城に魔物が……」

『魔物が現れました』と続けるはずだっただろう言葉は、突如巻き起こった爆風によって遮られる。

『キャ――！』とあちこちから悲鳴が上がる中、父は鋭い目付きで西側の壁を睨みつけた。

かと思えば、彼の体から白い光が漏れ出る。

あれは――神聖力……!?

神より賜りし聖なる力であるソレは、聖剣と同様選ばれた者しか使えない上、いざという時しか解放されない。

つまり――今はそれだけ不味い状況ということ。

「離れるな、ベアトリス」

「は、はい」

不安に駆られながらも大きく頷くと、父はそっと肩を抱き寄せてきた。

漏れ出る力をそのままに聖剣を引き抜き、身構える。

その瞬間、白い光がここら一帯を包み込んだ。

と同時に、西側の壁が破壊される――黒くて大きな生物によって。

あれが魔物……世界の穢れを具現化した存在。

泥のようにドロドロしていて生き物の形容をしていないソレに、私は恐れを抱く。

『お父様はこんな化け物と日々戦っているの……？』と青ざめる中、魔物はこちらへ手を伸ばした。

が、神聖力によって阻まれる。

「普通の魔物であれば、触れるだけで死に至るんだが……こいつは直接切らないとダメか」

悩ましげに眉を顰める父は、私と魔物を交互に見やる。

私を一人にするのが、不安で堪らないのだろう。

「お父様、私なら大丈夫です。ですから、魔物の方を……」

「そうするべきなのは、分かっている。だが、ここにはイージスもいないし……」

優しく私の頬を撫で、父は珍しく躊躇う素振りを見せた。

憂いを滲ませる青い瞳に、なんと声を掛ければいいのか迷っていると――

「イージス卿ほどの手練れではないけど、ベアトリス嬢の安全は私が守るよ。それでどうだい？公爵」

――人混みの中から、グランツ殿下が姿を現した。

その横にはルカの姿もある。

『いつの間に……？』と驚く私を他所に、二人は父の前へ歩み出た。

「第一皇子グランツ・レイ・ルーチェの名において、ベアトリス・レーツェル・バレンシュタイン公爵令嬢の安全を約束するよ」

ルカが一緒ということもあり強気に出るグランツ殿下は、『必ず守り抜く』と誓う。

すると、父は少しばかり肩の力を抜いた。

「分かりました。よろしくお願いします」

「ああ。公爵こそ、魔物の方を頼むよ。騎士の話によれば、まだ他にもたくさんいるみたいだから」

「はい、全て討伐します」

騎士の礼を取って応じると、父は一度腰を折った。

かと思えば、じっとこちらを見つめる。

「ベアトリス、しばらくグランツ殿下のところにいてくれ」

「分かりました」

「出来るだけ早く、お前の元へ戻る」

「はい、お気を付けて」

英雄としての責務を全うしようとする父を誇らしく思いながら、私は送り出す。

すると、父は『いい子で待っていてくれ』と言い残し、消えた。

いや、風となったと言った方がいいかもしれない。

気づいたら、魔物の前にいて聖剣を構えていたから。

「相っ変わらず、人間離れしてんなぁ」

『強化魔法なしであの速度って、どういう原理だよ』と零し、ルカは大きく息を吐いた。

と同時に、父は再び姿を消す。

『何が起こったの？』と目を白黒させる中、魔物は縦に大きく切り裂かれ、光の粒子と化した。

恐らく、聖剣の権能により浄化されたのだろう。

物や者に触れると消えてしまう光を前に、私は瞠目した。

『お父様の動きを目で追えなかった』と。

「公爵は随分と急いでいるみたいだね。余程、君の傍から離れたくないようだ」

「本当、過保護だな〜」

『ちゃんと守るって言っているのに』と肩を竦め、ルカは呆れたような表情を浮かべる。

「この調子だと、一時間と待たずに討伐を終えるぞ」

――というルカの予想は見事的中し、十五分ほどで全ての魔物を狩り終えた。

が、父はまだ戻ってこない。

「すまないね、ベアトリス嬢。まだ残党の捜索と魔物の侵入経路の割り出しが、残っているんだ。本来、これらの仕事は我々だけで行うべきなんだが……公爵は誰よりも魔物に詳しいからね。協力を頼んだんだ」

『だから、もう少しだけ我慢してほしい』と言い、グランツ殿下はパーティー会場を後にする。

さすがに大穴の空いたところで、ずっと待機させる訳にはいかなかったのだろう。

『まだ時間が掛かりそうだし』と思案する中、階段を登って真っ直ぐ廊下を進む。

「そういう訳で、しばらくここで待っていてほしい」

そう言って、グランツ殿下は見るからに豪華そうな部屋へ案内した。

『ここって、貴賓室なんじゃ……』と気後れする私を他所に、彼はさっさと扉を開ける。

すると、白や緑で彩られた室内が見えた。

「ここにあるものは、全て好きに使ってくれて構わないよ。無論、壊したっていい」

「い、いや、そんな……！」

「ははは。冗談だよ。まあ、本当に破壊したとしても公爵の活躍を考えれば、全然問題ないけどね」

こちらの緊張を和らげるためか、グランツ殿下は『自宅のように寛《くつろ》いでおくれ』と告げる。

――――と、ここでワゴンを押した侍女が現れた。

「ただ待つだけというのも退屈だろうし、お茶でも飲みながら少し話そう」

そう言うが早いか、グランツ殿下は中へ入り率先して寛ぎ始める。

『ベアトリス嬢を理由に、ゆっくり出来て最高』と呟く彼を前に、侍女はいそいそとお茶を準備した。

お菓子も持ってきたのか、ほのかに甘い香りがする。

「ほら、突っ立ってないでこっちにおいでよ」

「は、はい」

おずおずと室内へ足を踏み入れ、私は一先ず殿下の向かい側のソファへ腰を下ろす。

すると、直ぐにお茶とお菓子を用意された。

『ありがとうございます』とお礼を言う私に、侍女はニッコリ微笑んで退室する。

その代わりとして女性騎士が入室し、警護を担当してくれた。

「あの……ところで、どうしていきなり魔物が現れたんですか?」

ずっと気になっていた疑問を投げ掛け、私はティーカップを手に持つ。

『魔物って、普通郊外にいるんじゃないの？』と思案する私の前で、グランツ殿下は小さく肩を竦めた。

「それは私にも分からない」

「一つ確かなのは――――自然発生したものじゃないってことだな。これは俺の予想だが、恐らく」

そこで一度言葉を切ると、ルカはおもむろに窓の外を見た。

「魔物を皇城に連れ込んだ存在がいる」

「!?」

ハッと息を呑む私に対し、グランツ殿下は困ったような表情を浮かべている。

恐らく、彼もルカと似たような考えを持っているのだろう。

『ルカも同じ意見か……』と肩を落とし、嘆息していた。

そりゃあ、この騒動を企てた人物がいるなんて考えたくないわよね。

私だって、偶然が重なった結果の事故と思いたいわ。

『誰がこんなことを……』と眉を顰める中、グランツ殿下は不意に顔を上げる。

「まあ、とりあえず死者は出なかったんだし、いいじゃないか」

「そうですね――――って、あれだけ大騒ぎになっていたのに死者0人だったんですか？」

「ああ、公爵の迅速な対応のおかげだよ。護衛として来ていたサンクチュエール騎士団の者達も、尽力してくれたようだし」

我が家の馬車の警備に当たっていた騎士達を示唆し、グランツ殿下は『凄く助かった』と褒めた。

その瞬間――――私はあることに気づく。

「で、殿下……」

「ん？　なんだい？」

「馬車にバハルを残してきたんですが、無事ですかね……？」

精霊と言えどあんな怪物に襲われれば、無事では済まないんじゃないかと不安になる。

サァーッと青ざめる私を前に、グランツ殿下とルカは顔を見合わせた。

「いや、多分……というか、絶対に無事だと思うよ」

「お前は精霊の力を甘く見すぎだ」

「サンクチュエール騎士団も一緒にいることだし、命の危機に瀕するようなことはないんじゃないかな？」

「そう、でしょうか……」

不安を拭い切れず言葉を濁すと、グランツ殿下はおもむろに席を立った。

「もし、不安なら連れてくるよ。ちょっと待っていて」

「あっ、それなら私も……」

「いや、ベアトリス嬢はここにいておくれ。粗方片付いたけど、魔物がまだどこかに潜んでいるかもしれないからね。それに瓦礫だってあるし」

『女の子を出歩かせるのは危険だ』と話し、グランツ殿下は部屋を出ていく。

追い掛けようか、どうか迷っている女性騎士を目で制しながら。

『あれ？　護衛は？』と思ったものの、心配無用のようで……廊下にいる騎士達を引き連れて、歩いていった。

「あいつもお前に甘いよな。精霊なんて、放っておけばいいのによ」

『どうせ、無事なんだから』と零し、ルカは小さく肩を竦める。

でも、グランツ殿下がバハルを迎えに行けたのはきっと彼のおかげだ。

だって、ルカが私を守ってくれると信じてなかったら、グランツ殿下はここに残ったはずだから。

私のワガママを叶えたのは、ある意味ルカとも言える。

まあ、本人は『そんな訳ないだろ』と言って認めないだろうが。

『屁理屈にも程がある！』と喚くルカを想像し、私は少しだけ頬を緩めた。

その瞬間────部屋の明かりが消え、何かの倒れる音がする。

「な、何……!?」

ビックリして思わず席を立つと、直ぐに明かりがついた。

おかげで、少しホッとするものの……私は辺りの光景を見て、固まる。

だって────警護のため残された女性騎士が、床に倒れていたから。

「ど、どうして……」

まさか、魔物の仕業？　いや、それにしては随分と手が込んでいるけど……。

知性や理性のない生物だと聞いていた魔物が、このようなことをするとは思えず……困惑する。

――と、ここで黒いローブに身を包む人物が目に入った。

「あ、暗殺者……？」

「いや、違う。それよりも、もっと厄介なやつだ」

かなり小柄な侵入者を前に、ルカは軽く舌打ちする。

『そうくるか』と苦々しく吐き捨てる彼の前で、侵入者は深く被ったフードを取り払った。

「驚かせてしまい、すみません。僕は――第二皇子のジェラルド・ロッソ・ルーチェです」

ルビーのように真っ赤な瞳をこちらに向け、ジェラルドはお辞儀する。

「このように手荒な手段で訪問したこと、謝罪致します。申し訳ございません。でも、こうでもしないとゆっくり話も出来ないと思って……」

『あっ、騎士は寝ているだけです』と付け足し、ジェラルドは殺していないことをアピールする。

人畜無害な子供を演じながら。

でも、私にはこの世の何よりも恐ろしい存在に見えて……反射的に扉へ足を向けた。

とにかく、この場から逃げたくて。

ど、どうしてジェラルドがここにいるの……？　まさか、逆行前《前回》のように私を殺そうと……？

全く予期してなかった展開に、私は『話がしたい』というセリフも忘れて最悪の結末ばかり考える。

そして必死に扉へ向かうものの、恐怖のせいか上手く体を動かせず……逸る気持ちとは裏腹に、とても歩くのが遅かった。

そのため――――

「あっ、お待ちください」

――――あっさりとジェラルドに行く手を阻まれる。

出入り口を塞ぐような形で立つ彼に、私は大きく瞳を揺らした。

ど、どうしよう……？　どうすればいい……？　どうしたら、ジェラルドから逃げられるの……？

恐怖のあまり声も出せず、ただただ震えることしか出来ない私は今にも腰を抜かしそうになる。

――――と、ここでルカが私を守るように前へ出た。

まるで、『お前は一人じゃない』と示すように。

「ベアトリス、大丈夫だ。お前は俺が守る」

◇◆◇◆《グランツ side》

――――同時刻、公爵家の馬車にて。

サンクチュエール騎士団の者達に事情を話し、バハルと対面する私は苦笑を漏らす。

というのも、ピンク色のキツネはつれない態度でブスッとしているから。

『これはかなり手を焼きそうだ』と辟易しつつ、私は後ろを振り返った。

「君達は少し下がっていて。あまり大勢で近づくと、警戒されてしまうかもしれないから」

バハルが喋った時のことを考え、私は騎士達に距離を取らせた。

サンクチュエール騎士団はさておき、皇国騎士団にバレるのは色々と不味いため。

『別に言いふらすとは思ってないけど、公爵がどう思うか……』と思い悩み、私は一つ息を吐いた。

と同時に、正面へ視線を戻す。

「私のことが気に食わないかもしれないけど、今は従ってくれるかな？　ベアトリス嬢が君のことを心配しているんだ。魔物の出現により、かなり不安になっているらしい。だから、姿を見せて安心させてあげて」

『今、皇城の一室で待機しているから』と述べ、私は一緒に来るよう促した。

すると、バハルは案外すんなり腰を上げる。

「ついて行くのは、別に構わないわ。私もベアトリス様のところへ行きたかったから。でも

「————」

そこで一度言葉を切ると、バハルは僅かに表情を険しくした。

「————この際、色々とハッキリさせておきたいの」

『ちょうど二人きりになれた訳だし』と言い、バハルは身を乗り出す。

「貴方は————前回の記憶があるの？　ないの？」

いきなり核心を突いてくるバハルに対し、私は一瞬だけ頬を引き攣らせた。

が、直ぐに取り繕う。

駆け引きの『か』の字もないいね。まあ、こういうのは嫌いじゃないけど。

でも、

「そうやって人に聞く前に、まずは自分から答えるのが礼儀じゃないかな？」

『私だけに喋らせるつもりかい？』と問うと、バハルはスッと目を細める。

「記憶の有無を確認した時点で、こちらの答えは明白だと思うけど……まあ、いいわ。答えてあげる。私は前回の記憶をきちんと持っているわ」

最初から隠す気などなかったのか、バハルはかなり堂々とした態度で宣言した。

『これで満足？』と尋ねてくるキツネを前に、私は小さく息を吐く。

『こんなにあっさり答えるとは……』と拍子抜けしながら。

「では、こちらもお答えしよう。同じく、私も前回の記憶を持っている」

「そう。じゃあ、次の質問――――貴方の目的は何？　どうして、ベアトリス様に近づくの？」

『何か企んでいるのか』と警戒し、バハルは眉間に皺を寄せた。

明らかにこちらの真意を疑っている様子のキツネに、私は小さく笑った。

「目的は依然として、変わらない――――世界滅亡を防ぐためさ」

「!!」

「またベアトリス嬢を殺されるような事態に発展したら、君や公爵が暴れるだろう？　だから、傍にいて守っているんだ」

――――私の弟から。

とは、さすがに言えず……言葉を濁す。

『知ったら、確実に殺そうとするからね』と思案しつつ、私は自身の手のひらを見つめた。

「とにかく、こちらはベアトリス嬢を傷つけるつもりも利用するつもりもない。ただ今度こそ生きて幸せになってくれればいい、と思っている」

グッと手を握り締め、私は素直な気持ちを明かした。

すると、バハルは心底驚いたように目を見開く。

「生きて幸せに、って……本当にそれだけ？」

「ああ、それだけだよ」

迷わず首を縦に振り、私はニッコリと微笑んだ。

と同時に、少し身を屈める。

「だから、今回は仲良くやっていけないかな？　出来れば、協力体制を築いてベアトリス嬢の命と幸せを守りたい」

『各自で動くより、絶対にいいと思うけど』と零し、私はバハルの顔色を窺う。

承諾してくれることを願いながら。

『せっかく同じ志を持っているんだから、一致団結した方がいい』と考える中、バハルは顔を上げた。

「――――分かった。別にもう敵対する理由もないし、互いに手を取り合いましょう」

思うところはたくさんあるだろうに、バハルはわりとすんなり協力の申し出を受け入れる。

きっと、自分の感情よりベアトリス嬢の安全を優先したのだろう。

『本当に彼女のことが大好きなんだね』と思いつつ、私はふわりと柔らかい笑みを浮かべる。

「ありがとう。とても、助かるよ」

『精霊が味方なんて、心強い』と零す私に、バハルはフンッと鼻を鳴らした。

かと思えば、真っ直ぐにこちらを見据える。

「先にこれだけは言っておくわよ。貴方と馴れ合うつもりは一切ないから。ベアトリス様を守るために、貴方という存在を利用しているだけ」

「それは分かっているよ」

いきなり友人のように仲良くなれるとも、前回の溝が埋まるとも思っていないため、私は納得を示す。

『一先ず、協力体制さえ築ければいい』と割り切り、コホンッと一回咳払いをした。

と同時に、手を差し出す。

「さて話もまとまったことだし、そろそろ行こうか。ベアトリス嬢が待っているよ」

「ええ」

大人しく私の腕の中に入り、バハルは抱っこを許容した。

迷子になる可能性や踏まれる危険性を考慮してのことだろう。

『バハルは体が小さいからね』と思いつつ、私はそっとキツネを抱き上げる。

そして、さっさと来た道を引き返した。

もちろん、騎士達も連れて。

ルカもいるから大丈夫だと思うけど、念のため早めに戻りたい。

ベアトリス嬢の身に何かあったら、大変だからね。

『また世界滅亡の危機を迎えるかも……』と危機感を抱きながら、私は皇城の中へ足を踏み入れる。

と同時に、銀髪の美丈夫を発見した。

あちらも私の存在に気がついたようで、足早に駆け寄ってくる。

「グランツ殿下、ベアトリスはどちらに……精霊？」

私の腕に抱かれたバハルを見やり、公爵は僅かに目を見開いた。

『何故、ここに？』と訝しむ彼を前に、私は慌てて弁解する。

「ベアトリス嬢がバハルのことを心配していたから、連れてきたんだ。今から、ベアトリス嬢の元へ戻るところ」

「そうですか」

おもむろに相槌を打ち、公爵は自身の顎に手を当てた。

かと思えば、私の隣に並ぶ。

「では、私も同行します。思ったより、調査が長引きそうなので。ベアトリスの顔を一度、見ておきたいんです」

「それはいい。公爵の姿を見れば、ベアトリス嬢も安心するだろうから」

魔物の調査も大事だが、親子の時間を奪うのは忍びないため快く応じた。

『大体、こちらに拒否権はないし』と肩を竦め、私は再び歩き出す。

ベアトリス嬢、今頃ゆっくり出来ているといいのだけど。

多分、彼女の性格では無理だろうな。

公爵令嬢とは思えないほど謙虚な態度を思い返し、私はフッと笑みを漏らす。

と同時に、少しばかり歩調を速めた。

彼女の元へ一秒でも早く、公爵とバハルを届けてあげたくて。

◇◆◇◆《ジェラルド side》

尋常じゃないほど怯えているベアトリス嬢の姿に、俺は内心頭を捻る。

何故、こんなに警戒されているのか分からなくて。

単なる人見知り……にしては、度が過ぎている。

これは明らかに僕を怖がっている様子だ。

でも、彼女にそれほど酷いことをした覚えはない。

まさかとは思うが、あの訪問で僕は恐怖対象になってしまったのか？

『もしくは、あの男に何か吹き込まれたか……』と思案しつつ、僕は内心焦りを覚える。

もし、この機会を逃せばベアトリス嬢とはもう一生接触出来なくなる可能性もあるため。

何としてでも、今ここで友人……最悪でも、知人くらいにはなりたい。

「あの、ベアトリス嬢」

出来るだけ優しい声色を心掛け、僕は一歩彼女に近づいた。

その途端、ベアトリス嬢は真っ青になり――――腰を抜かす。

胸元を押さえるようにして後退る彼女の前で、僕は思わず頰を引き攣らせた。

これは……落とせないな。懐柔作戦は失敗だ。

何か別の手を考えた方がいい。

そう、例えば――――物理的にであれ社会的にであれ傷物にして、僕のところに嫁ぐしかなくなるよう仕向けるとか。

そんな血迷った考えが脳裏を過ぎり、僕は彼女へ手を伸ばす。

と同時に、吹き飛ばされた。

「っ……!?」

突然のことに驚いて対処出来ず、僕は扉に背中を打ち付ける。

『今、何が起きたんだ？』と思案する中、ベアトリス嬢は真っ青な顔でこちらを見つめた。

上手く事態を呑み込めずにいるのか、目を白黒させている。

恐らく、実行犯は彼女じゃないだろう。

警護の女性騎士は……まだ眠っている。

ということは、この部屋に――――僕の知らない第三者が、いるのか？

『探知魔法まで使ってきちんと調べたのに……』と思案しつつ、僕はヨロヨロと立ち上がった。

その瞬間――――後ろの扉が開く。

「「「ベアトリス（嬢・様）、一体何が……!?」」」

そう言って、部屋になだれ込んできたのは銀髪の美丈夫と金髪の青年だった。

『あれ？　もう一人は？』と思ったものの、今はそれどころじゃないため直ぐに思考を切り替える。

思ったより、早かったな。しかも、公爵まで一緒とは……途中で合流したのか？

『あと、なんだ？　そのキツネは』と思いながら、僕は男の胸に抱かれた小動物を見やった。

――――と、ここで胸ぐらを掴まれる。

「何故、貴様がここにいる」

もはや貴族としての礼儀などどうでもいいのか、公爵は口調も態度も一変させた。

『私の娘に何をした』と威嚇する彼の前で、僕はゴクリと喉を鳴らす。

今までとは比にならないほどの圧に、思わず悲鳴を上げそうになった。

恐怖のあまり何も話せずにいると、公爵は真っ青な瞳に殺意を滲ませる。

「少し長引きそうだからベアトリスの顔を一度見ておこうと思い、こちらに来たが……もう我慢ならない。我々は即刻ここを発つ」

『調査なんてやっていられるか』と吐き捨て、公爵は僕を投げ飛ばした。

ドンッと床に尻餅をつく僕に対し、彼は
「この恩知らずが」

と、吐き捨てる。

これでもかというほど嫌悪感を露わにしながら。

『……昔のことを言っているのか』と思案する僕を他所に、公爵はベアトリス嬢に近づいた。

「大丈夫か？　ベアトリス。怪我は？」

「あ、ありません……」

「なら、いいが……かなり顔色が悪いな」

ベアトリス嬢の前で素早く跪き、公爵は優しく彼女の頬を撫でる。

先程まで、息が詰まるほどの威圧を……殺気を放っていたのに。

「ベアトリス嬢、公爵。本当にすまない。私が傍を離れなければ、こんなことには……」

「い、いいえ！　私が悪いんです！　バハルの無事を確かめたいって、言ったから……！」

『自分のせいです！』と繰り返し、ベアトリス嬢は公爵の袖を掴んだ。

いや、摘んだと言った方がいいかもしれない。

凄く控えめな触り方だったから。

でも、引っ込み思案な彼女にとってはこれが精一杯の意思表示。

それを理解しているから、公爵も僅かに態度を軟化させた。

「大丈夫だ、悪いようにはしない」

「ほ、本当ですか？」

「ああ。だから、安心しなさい」

よしよしと頭を撫で、公爵はおもむろにベアトリス嬢を抱き上げた。

と同時に、第一皇子へ視線を向ける。

「バハルをこちらへ」

「あ、ああ」

促されるまま歩を進める金髪の青年は、ベアトリス嬢へキツネを手渡す。

『ちなみに無傷だったよ』と述べる彼に、彼女は安堵の息を漏らした。

「ありがとうございます」

まるで宝物のようにキツネを抱き締め、ベアトリス嬢は表情を和らげる。

僕と二人きりだった時と違い、随分とリラックスしており安心感に包まれていた。

「べ、ベアトリス嬢……」

「ジェラルド・ロッソ・ルーチェ、第一皇子の名において……いや、皇帝エルピス・ルーモ・ルーチェ陛下の代理として、命じる。何も喋るな」

皇帝代理として日々公務を行っている第一皇子だからこそ使える権利を行使し、僕から発言権を取り上げた。

珍しく厳しい表情を浮かべる金髪の青年は、僕の襟首を掴んで引きずっていく。

廊下に待機している騎士達を見据えて。

「陛下に本件の報告を。あと、ジェラルドを離宮に閉じ込めておいて。見張りの者は最低でも、十人つけるように」

僕の実力に気づいたからこその措置を言い渡し、第一皇子は騎士へその後の対応を任せた。

『はっ』と声を揃えて返事する彼らの前で、金髪の青年は襟首から手を離す。

と同時に、扉を閉めた。

今回はまさに大失敗だな……目的を達成出来なかったどころか、こちらの奥の手を晒すことになるなんて。

いや、その覚悟はしていた。

ただ、ベアトリス嬢を味方につけられるなら安いものだと考えていたんだ。

まあ、見事に全部ダメになったが。

『今後、更に監視を強化されるだろうな』と嘆息し、僕は筋書き通りにいかない現状を憂う。

でも、やってしまったものはどうしようもないので早々に思考を切り替えた。

とりあえず、今回の一件を通してベアトリス嬢の性格や僕への認識は理解した。

これを踏まえた上で、策を練ろう。

もちろん、もう傷物にすることは考えていない。

さすがにちょっとリスクが高すぎるから。

『我ながら、あれは血迷っていたな』と思いつつ、僕は騎士に連れられるままこの場を後にした。

◇◆◇◆

ジェラルドの去った室内で、私はようやく肩の力を抜く。

もう本当に大丈夫なのだと……安全なのだと悟り、父に少し寄り掛かった。

先程まで必死に抑えていた不安が、恐怖が、震えが一気に吹き出してきて……私はいっぱいいっぱいになる。

それでも何とか泣かぬように堪えていると、父がポンポンッと背中を叩いてくれた。

「よく頑張ったな、ベアトリス。怖かっただろう?」

囁くような優しい声で問い掛け、父はそっと私の目元に触れる。

「もう我慢しなくていいぞ」

『感情的になっていい』と告げ、父はあっという間に私の理性を解かした。

「ふっ……ぅ……ぐっ……」

どうにかして保ってきた緊張の糸が切れ、私は大粒の涙を流す。

『中身はもう大人なのに』『せっかくのドレスが』と様々な考えが脳裏を過ぎるものの……漣《さざなみ》のように押し寄せてくる感情を抑える術は、持ち合わせてなかった。

まるで本当の子供のように泣きじゃくる私に、父は目を細める。

「いい子だ、ベアトリス。そうやって、全部吐き出しなさい。私の前では、何かを堪えたり偽ったりする必要はないんだ」

『辛い』『苦しい』という感情さえも喜んで受け止める父は、無理に泣き止ませようとしなかった。

なので、一時間近く涙を流してしまい……目がパンパンに。

『こんなに泣くのは、いつぶりだろう?』と思案する中、ふとルカとグランツ殿下の姿が目に入っ

た。

時折こちらの様子を見ながら小声で何か話し合う彼らは、難しい表情を浮かべている。

恐らく、ジェラルドの対応について悩んでいるのだろう。

彼らも、きっとジェラルドがここまで極端な行動に出るとは思ってなかったはず……何より、あの強さ。

前回も普通に強かったけど、皇室に雇われた騎士をあっさり気絶させるほどではなかった。

それにジェラルドはどちらかと言うと、剣士寄りだったし……。

今回の襲撃を思い返し、『やっぱり魔法を使っているよね』と考える。

だって、急に明かりを消したり、ほぼ無傷で騎士を気絶させたりしていたから。

何より、ジェラルドは手ぶらだった。

前回も含めて、ジェラルドが魔法を使う場面はほとんど見ていない。

ということは、恐らく――――わざと実力を隠していたんだと思う。

いざという時のために。

『そんなの全然知らなかったな……』と肩を落とし、私は信用されていなかったという事実を……手駒の一つでしかなかった過去の自分を噛み締めた。

ジェラルドの本性《こと》を知れば知るほど辛く惨めになっていき、そっと目を伏せる。

と同時に、前回の私は彼の何を見ていたのか？　と少し笑いそうになった。

だって、今考えてみると過去の自分がお気楽すぎて……『恋は盲目とは、このことか』と溜め息を零す。

するとと、父が気遣わしげな視線を向けてきた。

「今日はさすがに疲れただろう？　寝ていて、いいぞ」

「えっ？　でも、屋敷に帰るんじゃ……？」

「ああ。泊まっていくつもりはない」

「なら……」

「大丈夫だ、ちゃんと寝室まで運んでやるから」

『道中、ちょっと寝苦しいかもしれないが』と述べつつ、父はポンポンッと背中を叩いてくれた。

まるで、寝かしつけるみたいに。

「ベアトリス様、今日はもう休んで。体調不良にならないか、凄く心配なの」

「バハルまで……私は大丈夫なのに」

僅かに身を乗り出してくるキツネに、私は苦笑を漏らす。

『たくさん泣いてスッキリしているくらいよ』と肩を竦める中、ルカがこちらを振り返った。

「バーカ。『大丈夫』って言っているやつが、一番大丈夫じゃねぇーんだよ。いいから、さっさと寝とけ」

『ガキはもう寝る時間だ』と言い放ち、ルカはヒラヒラと手を振る。

その途端、眠気が襲ってきた。

『これ……魔法？』と思いつつ目を閉じ、私は父に思い切り寄り掛かる。

そして、気づいた時には――――自室のベッドの上にいた。

あ、あれ？　さっきまで皇城にいたのに、いつの間に……？

ちょっとうたた寝した程度の認識だったため、私はキョロキョロと辺りを見回す。

『どのくらい、眠っていたのかしら？』と疑問に思っていると、横で何かが動いた。

「ベアトリス様、『今日はゆっくりしていていい』って公爵が言っていたわ。だから、もう少し寝ていて」

私の手に前足を置き、バハルは『まだ疲れが取れていないでしょう？』と述べる。

金色《こんじき》に輝く瞳を前に、私は小さく笑った。

「心配してくれて、ありがとう。でも、もう本当に大丈夫よ。それより、私ったらどのくらい眠っていたの？」

「正確な数字は分からないけど……ざっと十時間くらいかしら」

「じゅ、十時間……結構眠ったわね。でも、おかげですっかり元気になったわ」

身体的疲労がほとんどないことを話し、私はニッコリと微笑む。

『平気だよ』ということを伝えたくて。

でも、バハルの表情はなかなか晴れなかった。

「ベアトリス様、お願いだから無理しないで」

「えっ？　だから、私は……」

「また失うことになったら、耐えられないの」

絞り出すような小さい声で嘆き、バハルはポロポロと涙を零した。

否が応でも伝わってくる悲鳴と懇願に、私は目を剝く。

『そういえば、前にもそんなことを言っていたような……』と思い返し、そっと眉尻を下げた。

「もしかして、他の四季を司りし天の恵みに何か……」

「いいえ、違うわ。四季を司りし天の恵みは今のところ、ベアトリス様だけだもの」

「えっ？　じゃあ……」

ようやく別の可能性に行き着き、私は思わず固まった。

ゆらゆらと瞳を揺らす私の前で、バハルは小さく笑う。

「あのね、ベアトリス様。私達季節の管理者は一度――貴方を失っているの」

◇◆◇◆《バハル side》

四季を司りし天の恵みが誕生した時……その生命の息吹を感じ取った時、とても幸せだった。

やっと貴方に会えるのだと……他の管理者と心躍らせたものだ。

でも――――結局、私達は貴方に会えなかった。ただの一度も。

四季を司りし天の恵みは、まだ十八歳のはず……何故、こんなにも早く亡くなられたのか。

胸に広がる喪失感と絶望感に苛まれながら、私は大木に刻んだ傷の数を数える。

これは四季を司りし天の恵みが誕生してから、毎日つけていたもの……謂わば、天の恵みの生きた証。

『今日こそは会いに来てくれるだろうか』と、はしゃいでいたあの頃が懐かしい。

「四季を司りし天の恵みよ、貴方がいなければ私達は無価値な存在なのです」

世界の理そのものと言ってもいい愛しい方を思い浮かべ、私は自身の首に蔓《つる》を巻き付ける。

愚かなことをしている自覚はあった。

でも、天の恵みのいない世界で生きていける自信はなかった。

『この悲しみをどうしろ、と言うのか』と嘆き、私はそっと目を瞑る。

その瞬間――――背後で人の気配がした。

「精霊」

とても無機質な……でも、ゾッとするほど低い声に話し掛けられ、私は慌てて後ろを振り返った。

すると、恐ろしく冷たい表情の男性が目に入る。

『何者だ……!?』と身構える私は、急いで体勢を立て直すものの……彼の腕に抱かれた女性を見るなり、崩れ落ちた。

「四季を司りし天の恵み……」

たとえ亡骸であろうとも、自分の主人は見れば分かる。

これほど高貴で自然のマナに溢れた人は、他にいないのだから。

『嗚呼……！』と歓喜や嘆きの入り交じった声を上げると、他の管理者が慌ててこちらへ駆けつける。

そして、私と同様男性を警戒するものの……四季を司りし天の恵みに気づいて泣き崩れた。

「なんだ？　ベアトリスのことを知っているのか？」

こちらの反応を見て驚く男性に、私達はコクコクと頷いた。

すると、彼はスッと目を細める。

「なら、話が早い――――我が娘の仇を討つために協力してくれ」

「「!!」」

カッと目を見開く私達季節の管理者は、そのまま固まった。

四季を司りし天の恵みと彼が親子だったことや、仇討ちの協力を申し込まれたことに驚いてしまって。

『一体、何がどうなっているの……?』と戸惑う中、男性はそっと膝を折った。

と同時に、ベアトリス様の体を覆う毛布を少し捲る。

「見ての通り、ベアトリスの死因は斬殺……他殺だ。犯人はまだ分かっていない」

悔しげに……そして苦しげに顔を顰め、男性は優しく優しくベアトリス様の頭を撫でた。

「綺麗に痕跡が消えていて、手掛かりを摑めていない状況だ。恐らく、このまま調査を続けても無駄だろう。だから――――」

そこで一度言葉を切ると、男性は鋭い目つきで空を見上げる。

「――この世界を滅ぼすことにした」

「「!?」」

「この世に存在する全ての生き物を屠《ほふ》れば、いつかは犯人だって消せるはずだからな」

真っ青な瞳に淀んだ感情を滲ませ、男性はこちらに視線を戻した。

かと思えば、スッと表情を引き締める。

「そのためには、お前達の力が必要だ。契約してくれ」

そう言うが早いか、男性は私達に名前を与えた。

『拒否しても、力ずくで従わせるからな』と脅しながら。

そんなことをしなくても、応じるのに。

すんなりと名前《契約》を受け入れる私達は、全身に広がる彼の魔力を感じ取る。

と同時に、前を向いた。

「初めまして、我々は季節の管理者です。四季を司りし天の恵みであるベアトリス様の手足となるため、生まれてきました。なので、何なりとお申し付けください」

全面的に協力する意向を示すと、男性は驚いたように目を見開く。

が、直ぐに無表情へ戻った。

かと思えば、スッと目を細める。

「ベアトリスの亡骸を守ってくれ」

「えっ？　そ、そのためだけに精霊と契約を……？」

「ああ。可愛い娘の亡骸を適当な場所に置いていく訳には、いかないからな。持ち歩いて、見世物にするのも気が進まない。だから、信用出来る実力者に預けたかったんだ」

『契約精霊なんて、特に適任だろう？』と言い、男性はそっとベアトリス様を地面に置いた。

と同時に、私は慌てて祭壇のようなものを作り、周囲に花を咲かせる。

さすがに地面へ放置するのは、忍びなくて。

他の管理者達も温度を調節したり、風の方向を変えたりと忙しそうだった。

「……ありがとう」

「いえ、これくらいは……それより、本当にそれだけでいいんですか？　私達は季節の管理者と言って少し特殊な精霊なので、かなり役に立ちますよ」

四季を司りし天の恵みに出来ることが、これだけなんて……虚しすぎる。

たとえ、自己満足でもいいから彼女のために何かしたかった。

「最優先事項はベアトリス様の亡骸の保護だとしても、他に何かありませんか？」

「なら……自然災害を起こしてくれ。もちろん、無理のない範囲でいい」

『無茶をしてベアトリスの警護が疎かになっては困る』と述べ、男性は立ち上がった。

今にも旅立ちそうな彼を前に、私は慌てて一歩前へ出る。

「分かりました」

――――と、首を縦に振ってから数日。

私達季節の管理者は男性の魔力をふんだんに使い、精霊としての本領を発揮していた。

場所の制約がなくなったおかげで随分と身軽になり、あちこちに厄災を振り撒く。

無論、ベアトリス様の亡骸の保護を優先しながら。

「ベアトリス様、待っていて……必ず仇を討つから」

そう言って派手な地震を巻き起こし、私は着実に破滅の道へ進んでいく。

他の管理者も同様に。

自然を損なう行為は自傷に他ならないが、それでもいい。

ヒビ割れた大地を駆け抜けながら、私は今ものうのうと生きているかもしれない犯人を恨む。

そして憎しみや怒りに突き動かされるまま、また世界の運命を呪った。

◇◆◇◆

「────という訳で、世界の滅亡を後押ししていたのだけど……ある日、突然過去に戻ったの。最初は夢かと思ったわ。でも、大木に刻まれた傷の数を数えてみると、確かに十一年前で……」

困惑気味に逆行当初の状況を語り、バハルはペシペシと前足で目元を叩いた。

「とりあえず、ベアトリス様のいる世界を壊す訳にはいかないから、直ぐに気持ちを切り替えたわ。でも、私達全員まだ情緒不安定で……このままだと、無意識に暴走してしまう恐れがあった。だから、比較的落ち着いている私を除き、他の管理者は眠りについたの」

眠りについている理由は、心を整理するためだったのね。

精霊って、基本睡眠を取らなくてもいい生物だと聞いていたから甚だ疑問だったけど、納得したわ。

『人間で言う〝寝て忘れよう〟という感覚に近いのかな？』と思いつつ、私は居住まいを正した。

こんなに真面目な話をパジャマ姿で聞いてしまったことを後悔しながら、コホンッと一回咳払いする。

「バハル、話しづらいことを打ち明けてくれてありがとう。実を言うとね、私も前回の記憶を持っているの」

「ほ、本当……!?」

「ええ。他にも何人かいるわよ。名前までは言えないけど……」

『本人に確認を取ってからじゃないと』と述べる私に、バハルは一つ息を吐く。

「大丈夫よ、知っているから」

「えっ？」

「あの腹黒……じゃなくて、皇子でしょう？」

確信を持った様子でそう言い、バハルはゆらりと尻尾を振った。

「これは後で話そうと思っていたんだけど、昨日少し話したの。彼が私を迎えに来た時に。いい加減、色々ハッキリさせたくて……」

「えっと、それは……あの……」

「あぁ、安心して。喧嘩はしてないから」

『言い合いくらいはしたけど』と苦笑しつつ、バハルはピンッと背筋を伸ばした。

「最終的に『お互い、昔のことは水に流して力を合わせよう』ということで、和解したわ」

「それなら、良かった……」

もし決裂していたらどちらにつけばいいのか分からなかったため、私は心底安堵する。

――と、ここでバハルが少し身を乗り出してきた。

「それでね……出来れば、ベアトリス様の話も聞きたいのだけど」

嫌なことを思い出させてしまうのが気に掛かるのか、バハルはかなり慎重に話を切り出す。

『無理はしなくていいから』と繰り返し、じっとこちらの顔色を窺った。

気遣わしげな視線を送ってくるバハルの前で、私はスッと目を細める。

「聞いていて気分のいい話じゃないけど、それでも良ければ」

そう前置きした上で、私はポツリポツリと過去のことを話した。

父とのすれ違い、己の過ち、ジェラルドとの因縁……そして、逆行した後の出来事も。

一度目の人生は悲しみで溢れていたけど、二度目の人生は幸せでいっぱいなんだよ、と伝えたくて。

まあ、さすがにルカの存在までは話せなかったが。

バハルの口ぶりからして、彼のことはまだ知らないようだから。

逆行前はもしかしたら会ったことがあるかもしれないけど、幽霊に近い姿で傍にいることは多分知らないと思う。

『それなら、話すべきじゃないよね？』と思案する中、バハルはペシペシと尻尾をベッドに叩きつける。

「つまり、ジェラルドという者を殺せば万事解決なのね？」

「いや、そういう訳じゃ……」

「任せて。私はあまり戦闘向きの属性《タイプ》じゃないけど、必ず仇を討ってくるわ」

ポスンと自身の胸を叩き、バハルは目に見えない闘志を燃やす。

と同時に、ベッドから飛び降りた。

『善は急げ』と言わんばかりの行動力に、私は慌てて身を乗り出す。

「ま、待ってバハル……！　私は別にジェラルドを殺したい訳じゃなくて……！」

今にも開いている窓から旅立ちそうなバハルを追い掛け、私もベッドから降りた。

平和的な解決を望む私に対し、バハルはコテンと首を傾げる。

「でも、不穏分子であることは変わらないでしょう？」

「それは……そうだけど、戦わずに済むならそれに越したことはないじゃない」

理想論であることは、分かっている。

でも、一度は愛した人を……まだ引き返せる地点にいる人を……幼い子供を殺して、平和を手に入れるのはなんだか違う気がした。

何より、自分の都合のために誰かを殺すのは……かつてのジェラルドと同じ。

あんな風にはなりたくない。

「前回はさておき、今回はまだ危害を加えられていないし……もう少し様子を見ても、いいと思うの」

『少なくとも、あちらに敵対する意思はなさそうだし』と語り、私はバハルを抱き上げた。

ついでに開けっ放しの窓を閉め、ベッドへ逆戻りする。

少しでも、外から遠ざけたくて。

「バハル、お願いよ。もう少しだけ……もう少しだけ、ジェラルドに猶予をあげて」

大切な人を失った悲しみも、また失うかもしれない不安もちゃんと理解している。

バハルの気持ちを思うと、『いいよ』と頷きたくなる自分もいた。

もし、逆の立場だったら……同じことを考えたかもしれないから。

「あのね、別にバハルの気持ちまで否定したい訳じゃないの。ジェラルドに向ける敵意も、私への愛情の裏返しかと思えば、その……嬉しいから。ただ、ちょっと目を瞑っていてほしいだけなの」

ベッドの端っこに腰を下ろし、私はバハルの頭を撫でた。

が、ピンク色のキツネは無反応。

いつもなら、嬉しそうに尻尾を振ったり目を細めたりしてくれるのに。

『余程、納得いかないのね』と肩を竦め、私はふと天井を見上げた。

「バハル、私は別にジェラルドのことを恨んでいないの。確かにもう二度と関わりたくない人物ではあるけど……でも——逆行前、私を支えてくれたのは彼だった」

「!!」

ハッとしたように顔を上げるバハルに、私は複雑な表情を見せた。

喜びとも憎しみとも取れない感情を抱きながら、ゆっくり自分の心を整理していく。

「ジェラルドの好意には裏があったけど、彼のおかげで救われていたのは紛れもない事実。たとえ、おままごとのような関係だったとしても……恋愛ごっこだったとしても、確かに幸せだった」

「……」

「不純な動機だったからと言って、彼のくれた温もりや幸せな時間を無下には出来ないわ」

父とのすれ違いも精霊との関係性も知らなかった私にとって、ジェラルドはまさに希望だった。

大恩人と言ってもいい。

『僕がいるよ』と口癖のように言っていたジェラルドを思い出し、私はそっと目を伏せた。

溢れ出してくる色んな感情に耐えていると、バハルがようやく口を開く。

「辛い結末を迎えたのに？」

「ええ、その過程は私にとって掛け替えのないものだったから」

自分でも驚くほどすんなりと出てきた言葉に、バハルはスッと目を細めた。

黄金に輝く瞳に葛藤を滲ませ、大きく息を吐く。

と同時に、背筋を伸ばした。

「分かったわ。ベアトリス様の意志を尊重する」

自分の感情を押し殺し、バハルは『貴方のために』と折れてくれた。

苦笑にも似た表情を浮かべるキツネに、私は頬を緩める。

「ありがとう、バハル」

「いいえ……元はと言えば、辛い思いをしているベアトリス様のところへ駆けつけられなかった自分のせいだから」

『そうすれば、あんな男に引っ掛かることもなかった』と言い、バハルは少しばかり視線を下げた。

「ベアトリス様を亡くしてから、ずっと後悔していたの……どうして、自分の方から会いに行かなかったのか？　って」

「えっ？　でも、それは精霊の特性上しょうがないんじゃ……？」

「そんなことはないわ。確かにマナを得られなければ死んでしまうけど、常時住処にいないと死ぬという程じゃないの。短時間であれば、周辺を探すくらいは可能よ。だから――――」

　そこで一度言葉を切ると、バハルはニンフ山のある方向を見つめた。

「――――他の管理者が目覚めて態勢を整えたら、今度こそ探しに行こうと思っていたの」

『まあ、それより早くベアトリス様が会いに来てくれたけど』と述べ、バハルはうんと目を細める。

　どこまでも無邪気で優しい笑みに、私は目を剝いた。

『そうまでして、私に会いに……』と衝撃を受けて。

「リスクのある行為だけど、前回のように何も出来ず……何もせず、失うことだけは嫌だったから。たとえ、その途中で死んだとしても悔いはないわ」

「バハル……」

　清々しいとすら感じる迷いのない物言いに、私はただただ戸惑う。

でも、決してバハルの気持ちを否定はしなかった。

色々悩んだ末に出した結論であることを理解しているため。

「そっか。じゃあ、私の方から会いに行かなくてもいつかは会えたのね」

この出会いは必然なんだと……運命なんだと思うと少し嬉しくなり、私は柔らかい笑みを浮かべた。

と同時に、バハルの頬を手の甲で撫でる。

「でも、貴方に無理をさせるのは嫌だから――やっぱり、あの日会いに行って正解だったわ」

ルカとグランツ殿下の提案から始まり、お父様の決定で行くことになったニンフ山。

何か一つでも間違っていたら会いに行けなかった事実を噛み締め、私は
「あの日、あの時、あの場所でバハルに出会えて良かった」

と、心の底から思った。

◇◆◇◆《グランツ side》

「――――やはり、何かがおかしい」

皇城の一室で調査資料を眺める私は、思わず眉を顰める。

トントンと指先でリズムを刻みながら嘆息し、天井を仰ぎ見た。

――――と、ここで窓の方から見知った人影……いや、幽霊が姿を現す。

「なんだ？　珍しく、行き詰まってんな」

不思議そうに首を傾げ、ルカはこちらへ歩み寄ってくる。

そして、執務机に置かれた書類を覗き込むものの……

「あー……何書いてあんのか、さっぱり分かんね」

と、肩を竦めた。

『記号にしか見えねぇ……』とボヤく彼を前に、私は少し笑ってしまう。

「ベアトリス嬢の傍にいて、少しは文字を勉強したんじゃなかったのかい？」

「したよ。したけどさ、この書類は難しい言葉ばっか使ってんじゃん」

『こんなん読めねぇーよ』と悪態をつき、ルカはジロリとこちらを睨みつけた。

『口頭でさっさと説明しろ』と言わんばかりの態度に、私は小さく頭《かぶり》を振る。

この態度は出会った時から変わらないな、と思いながら。

まあ、別にいいけど。

皇子という立場上、こんな風に接してくれる人はいなかったから……なんだか、新鮮なんだよね。

『そうでなくても、ルカは特殊だし』と思案しつつ、私は書類を手に取った。

「先に説明しておくと、これは――第二皇子ジェラルド・ロッソ・ルーチェの調査資料だよ」

「はっ？」

鳩が豆鉄砲を食らったかのような顔で固まり、ルカはまじまじとこちらを見つめた。

「第二皇子のことなら、もう何度も調べただろ？」

ベアトリス嬢を殺した人物が愚弟と判明するなり探りを入れていたため、ルカは怪訝そうに眉を顰める。

『今更、何を調べるって言うんだ？』とでも言うように。

「今回はジェラルドの周辺……いや、現在じゃなくて――過去を調べたんだ」

「それは何でまた……」

『ますます訳が分からない』と零し、ルカはガシガシと頭を掻く。

こちらの真意を測りかねている彼に対し、私は苦笑を漏らした。

「いや、ちょっと気になってね……ほら、ジェラルドの強さが予想以上だっただろう？　魔法をあんなに上手く使えるなんて、知らなかったし……」

騎士の証言から察するに、使用されたのは恐らく雷系統の魔法。

コントロールが難しいソレを、いとも簡単に使いこなすなんて……どう考えても異常だ。

照明の切り替えも、電気ショックによる気絶も一般人じゃ出来ない。

力加減を間違えて発火させたり、殺したりする可能性の方が高かった。

「一体、どうやってあんな力を手に入れたのか……師匠は誰だったのか、探る必要があると判断したんだ。ルカも知っての通り、どんなに優れた才能を持っていても扱い方を学ばなければ成長出来ないからね。必ず、ジェラルドに魔法を教えた人物がいるはず……それもかなりの手練れが、ね」

意味深に目を細めながら、私は手に持った書類を執務机の上に置く。

「でも――――どんなに調べても、そんな人物は見つからなかった」

ジェラルドに関わった人間のリストを指さし、私は大きく息を吐いた。

自分自身、ここまで難航するとは思ってなかったから。

『少し調べれば分かると思ったのに』と嘆きつつ、目頭を押さえる。

「一応、魔法の基礎を教えた家庭教師はいたけど……知識に長けた学者タイプで、実技はあんまり得意じゃない。それにジェラルドが直ぐに魔法の講義を取りやめたから……」

「あれこれ教え込む暇はなかった、ってことだな」

「その通り」

パチンッと指を鳴らしてウィンクすると、私は椅子の背もたれに寄り掛かった。

これまで報告された調査内容を思い返しながら、手で目元を覆う。

「それで、ジェラルドの過去を調べていくうちにだんだん違和感が出てきて……」

「違和感？」

『魔法のこと以外にも何かあるのか？』と驚くルカに、私は小さく頷いた。

「最初は『私の考えすぎかもしれない』と思っていた。当時の状況を考えると、そこまで違和感のあることじゃないし……でも──」

そこで一度言葉を切ると、私は目元に当てた手を強く握り締める。

「──それにしたって、ジェラルドの過去に関する情報が少なすぎるんだ」

僅かに眉を顰める私はゆっくりと身を起こし、執務机に肘を置いた。

「特に生まれてから、五歳になるまでの間……まあ、ある程度は仕方ないんだけどね。ジェラルドの母君であるルーナ・ブラン・ルーチェ皇妃殿下が、妊娠・出産を機に長らく体調を崩されていて……ジェラルドと一緒にずっと離宮へ籠っていたから」

二年前に亡くなられた皇妃の存在を思い返しつつ、私は頬杖を突いた。

「ジェラルドが表舞台に立つようになったのは皇妃を失い、父上の管理下に置かれるようになってからだよ。多分、ジェラルドの命を守るためにどこかの貴族家へ婿入りさせる魂胆だったんじゃないのかな？　母親を亡くした皇族は皇位継承権争いにおいて、大分不利になるからね」

「今のうちにフェードアウトさせておこうって、ことか」

『そもそも、争わないのが一番だもんな』と言い、ルカは共感を示す。

政治の事情には明るくないが、最悪殺し合いに発展しかねないことは何となく理解しているのだろう。

「まあ、本人はめげずに皇位を狙っているみたいだけどね」

「親の心子知らずだな～」

『とっとと結婚して皇位継承権争いから、一抜けしろよ』と述べ、ルカはやれやれと肩を竦めた。

かと思えば、何かに気づいたかのように顔を上げる。

「そういや、母方の実家は？」

『何で皇帝ばっか、世話を焼いてんの？』と不思議がるルカに、私はそっと眉尻を下げる。

「ルーナ皇妃殿下のご実家は、静観を決め込んでいる」

「はっ!?　こういう時って、普通孫の力になるんじゃねぇーの!?」

「そうだね……でも、あちらは頑としてジェラルドとの交流を避けている。その理由は私にも分からない」

フルフルと首を横に振って答えると、ルカは思い切り眉間に皺を寄せた。

ようやく、私の悩みが分かってきたのだろう。

「はぁー……確かにこりゃあ、違和感だらけだな」

「そうなんだよ。特に例の五年間は謎が多くて……いくら離宮に籠っていたとはいえ、皇妃やジェラルドの暮らしぶりを一切知ることが出来ないんだ」

トントンと調査資料を指で突《つつ》き、私は悩ましげな表情を浮かべる。

「箝口令《かんこうれい》を敷いて、情報規制しているにしてもこれはさすがにおかしいだろう？　まるで――最初から何もなかった、みたいな……」

自分でも馬鹿げた話だと思うが、ここまで何もないと……そう考えるしかなくなる。

『一体、何が起きていたんだ？』と訝しみ、私は前髪を掻き上げた。

「とりあえず、かつて離宮で働いていたという侍女や従者を探してもらっている。恐らく、当時の状況を知る者に話を聞けば、何か分かるだろう」

徹底的に隠されたジェラルドの過去を想像し、私は強く手を握り締める。

『どのような真実が待っているのか』と身構える中、ルカは両腕を組んだ。

「事情は大体分かった。俺の方でも探ってみる」

『体質上、盗み聞きは得意なもんで』と茶化し、ルカはニヤリと笑う。

相変わらず悪趣味というか、なんというか……まあ、実際役に立っているから別にいいんだけど。

「頼りにしているよ」

「おう。任せとけ」

気合い十分といった様子で拳を握り締めるルカに、私は大きく頷いた。

と同時に、離宮のある方向を見つめる。

弟とはいえ、他人の過去を暴くなんて出来ればやりたくないけど、ベアトリス嬢を守るため……

そして世界の滅亡を防ぐため、全力で調べさせてもらおう。
『遠慮はしない』と心に決め、アメジストの瞳に強い意志を宿した。

【巻末SS】本来辿るはずだった結末《リエート side》

――これはベアトリスと打ち解けられなかった逆行前《世界線》のお話。
私は妻の忘れ形見であるベアトリスを心の底から、愛していた。
この子のためなら何をしてもいい、と思えるほど……。
だから――
「お、おかえりなさいませ、お父様……」
――産まれたての小鹿のように震えるベアトリスを見て、距離を置くことに決めた。
本当は一分一秒でも長く一緒にいたいが、ベアトリスに無理はさせられないため。
それにしても、何故いきなり怯えるようになったのだろう？
遠征から帰ってくるなりこのような対応だったため、私は悶々とする。
『きっと、何かした訳ではない……はず』と思案し、顎に手を当てた。
と同時に、溜め息を零す。
書類で溢れ返った執務室を眺めながら。

ベアトリスもそろそろ自我の芽生える頃だし、私のことを本能的に避けているのかもしれない。

ユリウス曰く、私はとても怖いらしいから。

『どこが』という訳ではないようだが、どことなく圧を感じるとのこと。

そのせいか、子供にはよく泣かれてしまう。ただ横を通り過ぎただけでも。

「……なら、こうなるのも仕方ないか」

――と、割り切った数年後。

珍しくユリウスから魔道具を介して連絡があり、ベアトリスと第二皇子の接触を知らされた。

「ユリウス、貴様……命が惜しくないようだな」

遠征先のテントで聖剣を無理やり引き抜き、私は水晶に映った秘書官を睨みつける。

すると、ユリウスは一気に青ざめた。

『いや、めちゃくちゃ惜しいです！　命、惜しいですぅぅぅぅうう！』

「なら、何故ベアトリスと第二皇子の接触を許した？」

いつもより数段低い声で問うと、ユリウスはビクッと肩を震わせる。

『そ、それは……！　ベアトリスお嬢様が公爵様に代わって、自分で対応すると仰って……！　だから、お嬢様のご意志を尊重する他なかったというか……！　ただの秘書官である私に、お嬢様を止める権利なんてありませんし……！』

必死になって言い訳を並べるユリウスに、私は

「知るか。止めろ」

と、一喝。

すると、ユリウスは思い切り水晶に顔を近づけてきた。

『では、ベアトリスお嬢様のご意志を無視して対応しても良かったんですね!?』

「ダメだ。ベアトリスの気持ちや考えを蔑ろにすることは、許さない」

『えぇ……!?　じゃあどうしろ、と!?』

これでもかというほど仰け反って天井を仰ぎ、ユリウスは半泣きとなった。

が、私は全く意に介さない。

「そこを上手く調整するのが、秘書官であるお前の役割だろ」

『いや、なんという無茶振り……』

手で顔を覆い隠して俯き、ユリウスは大きく息を吐いた。

かと思えば、おもむろに顔を上げる。

『では、今後そのように対処しますが……本当によろしいんですね？』

水晶越しにこちらを見据え、ユリウスは私の意志を確認してきた。

その選択に後悔はないか？　とでも言うように。

「……何が言いたい？」

どこか含みのある言い方が気になって問い掛けると、ユリウスはスッと目を細めた。

『これはあくまで私の所感ですが、ベアトリスお嬢様はジェラルド殿下と関わって――――少し変わったように思えます』

「!?」

『表情が柔らかくなったというか……目に光を宿すようになったというか。とにかく、とても楽しそうなんです。だから、ここで無理やり交流を断ったらベアトリスお嬢様が悲しまれるかと』

「……」

残念そうに肩を落とすベアトリスを想像し、私は苦悩する。

出来ることなら、外部の人間……ましてや、異性を近づけるような真似はしたくない。

だが、ベアトリスの幸せを奪うのは……。

ここ数年ベアトリスの笑顔をまともに見たことがない私は、判断を躊躇った。

外界から隔離するのが、本当にあの子のためになるのか？　と。

「……ベアトリスの幸せを思うなら、外部との接触を認めるべきか」

『安全を重視しすぎて、本当に守りたいものを疎かにしてはいけない』と思い立ち、私は苦渋の決断をする。

「相手が異性というのは心底気に食わないが、まあ……ベアトリスの友人として関わる分には、いいだろう」

と、許可を出したことを――――私は僅か数ヶ月で後悔した。

何故なら、第二皇子とベアトリスから正式に『婚約を取り交わしたい』との申し出を受けたから。

「必ず、ベアトリス嬢を幸せにしてみせます。だから、結婚を認めてください」

そう言って、第二皇子は深々と頭を下げた。

身分は一応そちらの方が上だというのに。

『ここは筋を通すべきだと思ったのか』と思案しつつ、私は執務机を指で叩く。

必ず幸せに、か。まだ十歳にも満たない子供の分際で、よく言う……。

第一、ベアトリスを幸せにするのは当然だろう。私の宝を託してやるのだから。

世界一幸せな花嫁にしなければ、許さない。八つ裂きにする。むしろ、この国ごと焼くか。

『まずは城から落として……』と考えながら、私は無防備に晒された第二皇子の旋毛《つむじ》を眺めた。

顔を上げるよう要請するのも面倒臭くて放置していると、ベアトリスが堪らず口を開く。

「お、お父様……私からもお願いします。ジェラルド殿下との結婚を認めてください」

産まれたての小鹿のように震えつつも、ベアトリスは真っ直ぐにこちらを見据えた。

普段は恐怖のあまり、視線を合わせることすら出来ないのに。

『それほど、真剣《切実》なのか……』と思い悩み、私は眉間に深い皺を刻んだ。

「……お前達はまだ出会って半年足らずと聞く。さすがに婚約や結婚は性急すぎるんじゃないか」

『もっと時間を掛けて決めるべきだろう』と言い、私は問題を先送りにすることにした。

すると、傍で待機していたユリウスが目を白黒させる。

普段の私なら迷わず突っぱねるはずなので、驚いたのだろう。

本音を言うと、そうしたかったんだがな……ベアトリスの態度を見ていると、出来なかった。

だから、とりあえず時間を稼ぐことにしたのだ。

その間に仲違いしたり、疎遠になったりすることを願って。

『我ながら、大人気ないことをしているな』と思案する中、第二皇子は不意に顔を上げる。

「では、きちんと時間を掛けてお互いの気持ちを確認すればいいんですね？　それで今と変わらず、『結婚したい』と思っていたら僕達の仲を認めてくださる、と」

半ば捲し立てるようにして話をまとめ、第二皇子はニッコリと微笑んだ。

「では、期限を決めなければなりませんね。一年でどうでしょう？」

「短すぎる。却下だ」

「え、えっと……じゃあ、二年は？」

おずおずといった様子で片手を挙げ、ベアトリスは何とか第二皇子をサポートしようとする。

その健気さに、私は心を打たれ……

「分かった」

と、頷いてしまった。

『あっ……』と思った時にはもう遅く、ベアトリスが目を輝かせて喜んでいる。

これでは、『やっぱり百年で』などと言うことは出来ない。

最悪だ……これで本当に嫁ぐことになってしまったら、悔やんでも悔やみきれない。

でも――――久々にベアトリスの笑顔を見られたことは……それだけは良かった。

妻のカーラと同じく花の咲くような笑みを浮かべるベアトリスに、私はスッと目を細める。

と同時に、席を立った。

「とにかく、二年は様子見だ。それまで、じっくりお互いの将来を考えるように」

――――と、告げた一年後。

私は残り半分を切った期限に、焦りを覚えていた。

このままでは本当にベアトリスを嫁がせる羽目になる、と。

まさか、ここまで長く持つとは……いや、我が娘の魅力は時間と共に進化していくものだから、飽きないのも分かるが。

だが、相手の第二皇子は別だろう。あんなヘラヘラしているやつ、一年……いや、一時間もあれば飽きる。

それなのに、ベアトリスは何故まだ一緒にいるんだ？

もしや、途中で捨てるのは可哀想だと思って？

まあ、我が娘は優しいからな。

『情けを掛けていてもおかしくない』と思いつつ、私は執務机に置いた書類を一瞥する。

と同時に、顔を上げた。

「ユリウス、あとは頼んだ」

「えっ？　まだ全体の三割も終わってないんですけど……何か急用でも出来たんですか？」

壁際に立つユリウスは、心底不思議そうにこちらを覗き込んでくる。

『何かありましたっけ？』と小首を傾げる彼に、私はスッと目を細めた。

「ああ――――第二皇子の暗殺だ」

「そうですか、第二皇子の暗殺……って、はい!?」

動揺のあまり手に持った書類を落とし、ユリウスは目を白黒させた。

かと思えば、こちらへ詰め寄ってくる。

「いや、何を言っているんですか!?　下手したら、皇室と全面対決ですよ!?」

「私はそれでも別に構わない。我が娘を渡すくらいなら、茨の道を選ぶ」

「そのセリフだけ聞いたら超格好いいですけど、要はベアトリスお嬢様を嫁に出したくないだけですよね!?」

『完全な駄々っ子じゃないですか！』と喚き、ユリウスは頭を抱え込んだ。

苦悩に満ちた表情を浮かべる彼の前で、私は壁に立て掛けておいた聖剣へ手を伸ばす。

「では、表向きは失踪を装おう」

聖剣の権能を利用すれば死体が残らないため、殺害した現場を押さえられない限り行方不明という扱いになる。

無論、相手から抵抗されたり第三者の横槍を受けたりしなければの話だが……英雄と呼ばれる私なら、問題ない。

相手に存在を認識する隙も与えず、殺れる。

『だが、念のため城の警備体制は把握しておくか』と思いつつ、私は席を立った。

すると、ユリウスは慌てたように扉へ張り付く。

ここから先は行かせない、とでも言うように。

「いや、ダメですからね⁉ というか、そんなに嫌ならベアトリスお嬢様を説得すればいいじゃないですか！」

『何故、結婚相手を消す一択になるのか』と問うユリウスに、私はそっと目を伏せる。

「……ベアトリスから、『約束を守らない父親』だと思われたくない」

「えぇ……？ そんな理由で、こんなに極端な選択を……？」

口元に手を当てて仰け反り、ユリウスは『正気ですか……？』と困惑した。

かと思えば、大きく息を吐く。

「正直、『約束を守らない父親』より『結婚相手を排除する父親』の方が不味いと思いますけど……」

「……バレなければ、問題ないだろう」

フイッと視線を逸らして答えると、ユリウスは心底呆れた様子で肩を竦めた。

と同時に、少しばかり身を乗り出す。

「では、一生ベアトリスお嬢様に隠し事をして生きていくんですね？　ず――――っと後ろめたい気持ちを抱えたまま」

「……」

「そんな状態でこれから先、ベアトリスお嬢様の顔をまともに見れるんですかねぇ……？　私なら、罪悪感で胸が張り裂けそうになりますけど。だって、ジェラルド殿下はベアトリスお嬢様にとって大切な存在なんですよ？　突如消えたとなれば、きっと悲しむはずです」

「っ……」

ベアトリスの泣き顔を想像し、私はクシャリと顔を歪める。

心優しいあの子なら確実に胸を痛めるだろう、と確信して。

ここ最近は随分と明るくなったが……第二皇子を失えば、きっとまたあの頃に逆戻りするはず。

それだけは何としてでも、避けなければならない。

あんなに辛そうな我が子を見るのは、もう懲り懲りだ。

額に手を当てて嘆息し、私は再度椅子に座り直した。

手に持った聖剣も床へ置き、代わりにペンを持つ。

「……第二皇子の暗殺は一旦保留にする」

心の底から結婚を納得出来た訳じゃないので、白紙には戻さなかった。

あくまで、猶予を与えただけだ。

「公爵様……！　分ってくださったんですね！」

目に涙を浮かべながら感激し、ユリウスはこちらへ駆け寄ってくる。

『さあ、お仕事に戻りましょう！』と張り切って進行する彼を前に、私は無言で手を動かした。

――――そうこうしている間に夕方となり、私は一度執務室を後にする。

休憩がてら裏庭を散歩しようと思って。

カーラの生きていた頃はよく四季折々の花を見て回ったものだ。

『今となっては、月に何度か足を運ぶ程度だが』と思いつつ、私は花壇へ足を向ける。

庭師が丹精込めて育てたであろう花々を前に、私は少しだけ満たされた気分になった。

品種も花言葉もよく分からないのに。

『花を見ていると、カーラを思い出すからだろうか』と思案する中、ふと娘のことを思い出す。

そういえば、ベアトリスの書斎はちょうどここから見える位置にあったな。

何の気なしに顔を上げる私は、部屋の窓へ視線を向けた。

と同時に、目を剝く。

何故なら――――家庭教師のマーフィーが、ベアトリスの頰を叩いていたから。それもかなり勢いよく。

「なっ……!?」

動揺のあまり絶句し、私は呆然と立ち尽くした。

が、直ぐさま平静を取り戻し、聖剣片手に書斎へ乗り込もうとする。

でも、一階の窓に反射した自分の顔を見て思い留まった。

ベアトリスにこんな表情《かお》を見られたら、また怖がられてしまう……それに今、家庭教師を前にしたら自分でも何をするか分からない。

最悪、ベアトリスの目の前で命を奪ってしまう可能性も……。

頭に血が上っている自覚があるからこそ、私は深呼吸して気持ちを落ち着ける。

一先ず聖剣を腰に差し《戻し》、自分の顔を手で覆い隠した。

「……一度、執務室に戻ろう」

半ば自分に言い聞かせるようにして呟き、私は後ろ髪を引かれる思いでこの場を後にする。

そして、執務室に戻ると即刻マーフィーを呼び出した。

「貴様、よくもベアトリスに手を上げてくれたな」

マーフィーの前に立って両腕を組み、私は真っ青な瞳に怒りを滲ませる。

『どう処分してやろうか』と悩む私を前に、マーフィーはガタガタと震え上がった。

「な、なん……何の……ことだか、分かりません」

この期に及んで白を切るつもりなのか、マーフィーは必死に言葉を紡ぐ。

「わ、私は普通にベアトリスお嬢様を指導していて……暴力なんて、振るったことは一度も……べ、ベアトリスお嬢様は昔から嘘つきなのでこうやって公爵様の気を引いているんですよ……」

半泣き半笑いという表情で、マーフィーは『全く、困ったお嬢様ですね』と述べる。

どうやら、暴力を振るったことがバレたのはベアトリスのせいだと思っているらしい。

「お、お嬢様には私から厳しく言い聞かせておきますので、どうか今回の一件は……」

「よく回る口だな。こちらは発言権を与えた覚えなど、ないというのに」

冷めた目でマーフィーを見下ろし、私は一歩前へ出た。

と同時に、彼女は腰を抜かす。

「こ、公爵様……」

「『喋るな』と言っているのが、分からないのか？　それでも、一応公爵家お抱えの家庭教師だろう？」

『随分と察しが悪いな』と毒づき、私はマーフィーの手をゆっくり踏みつける。

「それと、ベアトリスが嘘つき……だったか？　残念ながら、今回の一件においてそれは有り得ない」

「えっ……？」

「貴様の愚行を知ったのはベアトリスからの密告でも何でもなく、私自ら現場を目撃したからだ」

「!!」

ハッとしたように息を呑むマーフィーは、明らかに『しまった！』という表情を浮かべた。

かと思えば、苦しそうに顔を歪める。

いきなり手を踏む力が強くなって、物凄い痛みを感じているのだろう。

「まあ、もっとも――ベアトリスに助けを求められれば、それが嘘であろうと何であろうと私は信じるが。貴様の言い分も、事実の正当性も心底どうでもいい。大事なのは、ベアトリスの意志と感情のみだ」

『嘘つきかどうかなんて、重要じゃない』と主張し、私は踏みつけた手の指を砕く。

その途端、マーフィーの絶叫が耳を劈《つんざ》くものの……あまり気にならなかった。

『とりあえず、このまま痛めつけるか』と思案する中、ずっと壁際で待機していたユリウスが声を上げる。

「公爵様、その辺にしておいてください。あまりやり過ぎると、今後の対応に差し障ります」

「今後？　こいつに未来など与えるつもりはないが」

「いえ、そういう意味ではなくて」

フルフルと首を横に振り、ユリウスはこちらへ向かってくる。

――と、ここでマーフィーが気を失った。

どうやら、極度の緊張と恐怖で限界に達したらしい。

『打たれ弱いにもほどがあるだろう』と呆れる中、ユリウスは一つ息を吐いた。

「いきなりいなくなったら、ベアトリスお嬢様が不審がりますよ。それにこんなところで罰を与えれば、誰かしら事態を察知して噂になるかもしれませんし……その結果、ベアトリスお嬢様の耳に入れば更に怯えられる可能性もあります」

「……それは困るな」

顎に手を当てて俯き、私はマーフィーの手から足を退ける。

『断罪するのは時期尚早だったか』と思い悩む私の前で、ユリウスはジャケットの襟を軽く引っ張った。

「なので、まずは舞台を整えましょう」

「具体的には、どうするんだ？」

詳細を言うよう促す私に、ユリウスはスッと目を細める。

「そうですね……まず屋敷からマーフィーの姿が消えても違和感のないよう、一旦退職させましょう」

――――というユリウスの提案により、私は正式にマーフィーを解雇した。

表面上は円満に。

なので、普通に退職金を支払ったし、同僚間のお別れ会なるものも催された。

そのため、周囲はことの真相を知らない。

マーフィーには、『本当の退職理由を伏せて、静かに消えてくれれば公爵家からは何もしない』と言ってあるからな。

手の怪我についても、事故のせいだと説明するよう言い聞かせておいた。

「あとは機を見て、処分するだけだ」

見逃す気など毛頭なかった私は、執務室の窓から外を眺める。

束の間の平穏を楽しんでいるであろうマーフィーを想像しながら。

私が娘に牙を剝いた存在を許す訳ないだろう。

幸せな未来など、与えてやるものか。

『根こそぎ奪ってやる』と胸に決め、私は席を立つ。

と同時に、ユリウスがローブをこちらへ差し出した。

「夜間は冷えますので、念のため防寒を」

「ああ」

姿を隠す意味合いもあるだろうローブを受け取り、私は上から羽織る。

そして、ベランダへ出た。

「見張りの騎士達はどうしている?」

「手筈通り、執務室は巡回ルートから外してあります。その分、ベアトリスお嬢様の自室の警備を強化していますよ」

「なら、いい」

サンクチュエール騎士団を信用していない訳ではないが、この外出は誰にも知られたくなかった。

なので、人払いを済ませていたことに少しホッとする。

と同時に、ベランダの手摺を摑んだ。

「では、行ってくる」

「はい、行ってらっしゃいませ。出来るだけ、早く戻ってきてくださいね」

『不在を誤魔化すのも大変なんだから』と主張するユリウスに、私はコクリと頷いた。

元より、長時間屋敷を空ける気はなかったため。

『ベアトリスの様子が気掛かりだからな』と考えつつ、私は手摺を飛び越えた。

軽やかな動作で着地し、そのまま屋敷から出ていく。

マーフィーは確か、退職金で一軒家を買ったんだったな。

それも、公爵領に。

「別に悪いことではないが、随分と神経の図太い女だ」

『普通、私の管轄下から出ようとするだろう』と呆れ、一つ息を吐く。

でも、おかげで調査はしやすかった。

『他領だと、こうは行かない』と肩を竦め、私は目的地まで一気に駆け抜ける。

最短ルートを通ってきたからか、予定より早く郊外の一軒家に辿り着いた。

周辺に人の気配はないな。なら、少し騒がしくなっても問題ないだろう。

『マーフィーは一人暮らしのはずだし』と思いつつ、私は一も二もなく家の扉を蹴破った。

大きな物音を立てて倒れる板を前に、私は中へ入る。

懐から、小瓶を取り出しながら。

「そこに隠れているのは、分かっている。さっさと姿を現したら、どうだ？」

キッチンにある棚を見つめ、私は『観念しろ』と通告。

が、相手は頑として出てこない。

虚言である可能性を考えているのか、はたまた恐怖で身が竦んで動けないのか……まあ、どちらにしろやることは同じだ。

「ならば、こちらから行こう」

あまり時間を掛けたくないため、私はさっさと歩を進める。

そして、例の棚まで足を運ぶと――――いきなりマーフィーが飛び出してきた。包丁片手に。

「不意を突けば、殺せるとでも思ったのか」

『なんと、浅はかな』と辟易しつつ、私は包丁を持つ手を掴んだ。

と同時に、思い切り力を込める。骨が折れるほどに。

そのせいか、マーフィーは包丁を取り落とし、聞くに堪えない呻き声を上げた。

「なん……なんでぇ……」

目尻に涙を浮かべながら喚き、マーフィーはこちらを睨みつける。

怒りと恐れが混在する青い瞳を前に、私は一つ息を吐いた。

「仮にも英雄と呼ばれる人間が、この程度の攻撃でやられる訳ないだろう。あぁ、それとも今回の襲撃そのものに疑問を抱いているのか？　なら、こう答えよう――――『公爵家からは何もしない』と言ったが、私個人……ベアトリスの父親としては何もしないとは言っていない、と」

単なる屁理屈とも捉えられる言い分を振り翳すと、マーフィーは大きく瞳を揺らした。

「そ、そんなのあんまりだわ……」

絶望という感情を前面に出し、マーフィーは縋るような……責めるような目を向けてくる。

ポロポロと涙を零す彼女の前で、私は一切顔色を変えなかった。

ただ冷たくマーフィーを見下ろし、掴んだ手にもっと力を込める。

「貴様の意見など、聞いていない」

『心底どうでもいい』と吐き捨て、私は掴んだ手をようやく離した。

と同時に、マーフィーはこの場から逃げ出そうとする。

でも、恐怖のあまり上手く足腰に力が入らないようで、直ぐにバランスを崩した。

勝手に転倒して蹲る彼女を他所に、私はずっと持っていた小瓶を――――投げ落とす。

すると、小瓶は割れ、中身の液体を撒き散らした。

「こ、これは……」

特徴的な匂いだからか、直ぐに小瓶の中身が分かってしまったようで、マーフィーは顔色を変える。

『不味い……！』と焦る彼女を前に、私は懐から追加の小瓶を取り出した。

と同時に、床や壁へ投げつける。

「本当はこのような方法ではなく、私の手でしっかり片を付けたかったんだが……表面上は事故死に見せ掛けるよう、言われてな」

ユリウスからの忠告を思い返し、私は小さく頭《かぶり》を振る。

昔から、どうもまどろっこしいことは苦手なため。

でも、ベアトリスの耳に入った時のことを考えると他殺と思われるのは避けたかった。

あの子は少なからず、ショックを受けるだろうから。

カーラに似て、とても優しい子なんだ。もっと、自分本位になってもいいのに。

傍若無人に振る舞ったって、誰も文句は言えないのだから。

『というか、言わせない』と考えつつ、私はポケットからマッチ箱を取り出す。

「既に気づいているだろうが、ここにばら撒いたのは可燃性のある液体だ。マッチ棒一本であろうと、火種を与えれば瞬く間に燃え上がる。この一軒家が崩壊するまで、そう時間は掛からないだろう」

「ま、待ってください……どうか、ご慈悲を……」

完全に腰を抜かしてしまって動けないマーフィーは、みっともなく命乞いをする。

『何でもしますから』と申し出る彼女に、私は眉を顰めた。

「未だにベアトリスに対して謝罪一つない奴へ、何故慈悲を掛けなければならない？」

「！」

保身しか頭になかったマーフィーは、ようやく自分の落ち度に気づきハッとする。

『そういえば、私……』と呟いて呆然とし、数秒ほど固まった。

が、直ぐに平静を取り戻すと、こちらに身を乗り出す。

「も、申し訳ございません……！　ベアトリスお嬢様を傷つけた件は、心より謝罪致しま……」

「――――もう遅い」

『致します』と続けるはずであっただろう言葉を遮り、私は箱からマッチを一本取り出した。

「何もかも今更だ。第一、保身のための謝罪など受け入れられるはずないだろう。まあ、仮に心から悔いていたとしても貴様の犯した罪からは逃れられないが」

『無罪放免は有り得ない』と言い渡し、私はマッチを箱の側面で擦る。

すると、棒の先端に真っ赤な炎が灯った。

「マーフィー、私は貴様を許さない」

改めて自分の意思を表明し、私は手に持ったマッチを投げ捨てる。

その途端、マーフィーは頭を抱えてひれ伏した。

逃げるという選択肢すら取れず怯えることしか出来ない彼女を他所に、マッチは床へ落ちる。

と同時に、液体の跡をなぞるようにして燃え広がった。

「うぁっ……！」

あっという間に炎に取り囲まれたマーフィーは、身を縮こまらせる。

凄まじい熱と痛みに耐えながら。

「お、お願い……助け……」

涙を流して必死にこちらへ手を伸ばすマーフィーに、私はただ一言
「断る」

と、述べた。

そして、火の海に沈むマーフィーを一瞥すると、身を翻す。

『長居は無用だ』と割り切り外に出る私は、焼け落ちる一軒家とマーフィーの死体を確認してから
屋敷に帰還した。

――――その一月《ひとつき》後。

今度はベアトリスの専属侍女であるバネッサを解雇する事態に。

というのも、予算の横領が発覚したため。

「これほどの大金となると、単独で行ったとは思えないな。他にも仲間がいるはず……」

『一旦、泳がせて他の奴らも炙り出すか』と判断し、私は二週間ほど様子を見守った。

その間にも、新たな問題が次々と発覚していき……結局、使用人の大半を入れ替えることになる。

でも、解雇や雇用を立て続けに行うとベアトリスが驚いてしまうため、時間を掛けてじっくり行

うことに。

無論、ベアトリスにとって害になる奴らは別だが。

「即刻解雇して、報いを受けさせる」

――――という決意の元、私は早速三人ほど解雇。

時機を見て他の者達も次々と屋敷から追い出し、マーフィーの時と同様少し時間を置いて罰した。

そうこうしている間に時間は過ぎていき、ベアトリスと第二皇子の婚約の条件として提示した二年《期限》を迎える。

「ここ二年で、気持ちに変化はないか？」

私は屋敷の執務室で当事者二人を見据え、そう問い掛けた。

すると、ベアトリスと第二皇子は間髪容れずに首を縦に振る。

「はい、婚約の意思は変わりません」

「むしろ、もっと強くなりました」

揺るぎない覚悟を見せる二人に、私は
「……本当だろうな？」

と、念を押す。

最後の悪足掻きとも言える最終確認に、ベアトリスと第二皇子は迷わず頷いた。

はぁ……これでは、反対出来ないな。

躊躇う素振りでも見せてくれれば、『もう少し様子を見てもいいんじゃないか』と提案出来たのに。

取り付く島もない即答っぷりに辟易しつつ、私は額に手を当てる。

そして、しばらく沈黙を貫くものの……いつまでもこうしている訳にはいかないので、腹を決めた。

「分かった。そこまでお前達の意思が固いなら、婚約を認めよう」

ようやく折れる意向を見せた私に、ベアトリスと第二皇子はパッと表情を明るくした。

『やったね！』と小声で言い合い、喜びを露わにしている。

傍から見ると、微笑ましい光景だが……こちらとしては複雑だ。

まさか、こんなに早く娘の将来を決めることになるとは……あと数年は家族だけで過ごせると思ったのに、実に残念だ。

でも、まあ――

チラリとベアトリスの方に視線を向け、私は僅かに目を細めた。

――ベアトリスが幸せなら、それでいいか。

はにかむような笑顔を見せる我が子を愛おしく思いながら、私は一つ息を吐く。

『どうせ、結婚はまだだしな』と自分に言い聞かせ、婚約関係の書類を作成した。

――その後、数年は何事もなく過ぎていき、ある日ベアトリスより面談を持ち掛けられる。

何でも、話したいことがあるらしい。

改まって、なんだ？　まさか、もう結婚したいなどと言う訳じゃないだろうな？

さすがにそれは許可出来ないぞ。

『いくら何でも早すぎる……』と警戒しつつ、私は食堂でベアトリスと顔を合わせる。

緊張した様子でこちらを見据える彼女に対し、私は一抹の不安を覚えた。

『いつもより表情が硬いな』と思いながら席に着くと、ベアトリスも腰を下ろす。

「ほ、本日はお忙しいところ時間を作っていただき、誠にありがとうございます」

「構わない。それより、用件はなんだ？」

夕食のステーキを切り分けつつ、私は早速本題へ入るよう促す。

引っ込み思案なベアトリスでは、自ら話を切り出すのは難しいと判断して。

何より、さっさと用事を済ませて久々の家族水入らずの時間を楽しみたかった。

『こうして食事出来る機会はなかなかないからな』と思案する中、ベアトリスはおずおずと口を開く。

「お、お父様に一つお願いしたいことがあります」

「お願いしたいこと？」

僅かに目を見開く私は、まじまじとベアトリスを見つめる。

この子が何か頼み事をしてくるのは、非常に珍しいため。

極力、ベアトリスの意向に添いたいが……一体、何を頼むつもりなんだ？

婚約解消や第二皇子の排除なら、喜んで受け入れるんだが。

などと考えつつ、私は切り分けたステーキを一つ口に含む。

と同時に、ワインを手に取った。

「一先ず、詳細を話してみろ」

「はい」

ギュッと胸元を握り締め、ベアトリスはゆっくりと顔を上げた。

かと思えば、一つ深呼吸する。

「エルピス皇帝陛下が皇太子の選出を本格的に考え始めているのは、お父様もご存知ですよね？」

「ああ、『そろそろ後継を正式に発表したい』と本人が言っていたからな」

魔物の件で登城した際に聞かされた陛下の近況を思い出し、私は『第一皇子もいい歳だしな』と考える。

――――と、ここでベアトリスは僅かに身を乗り出した。

「そこで相談なのですが、ジェラルドが次期皇帝《皇太子》となれるよう力を貸していただけませんか？」

「……はっ？」

思わぬ発言に面食らい、私は数秒ほど思考停止する。

というのも、第一皇子の皇太子選出を確信していたため。

ここで第二皇子が名乗りを上げるなど……考えもしなかった。

地位、権力、血筋……どれを取っても完璧な第一皇子に、対抗する者がいるとは。

あのヘラヘラした子供、案外野心家か？

だが、これでハッキリしたな。

ベアトリスに近づいた理由はバレンシュタイン公爵家を自分の派閥へ引き込み、皇位継承権争いで勝つため。

つまり、愛など微塵もなかったという訳だ。

「……舐めた真似を」

我が娘を侮辱しているとしか思えない行為に腹が立ち、私は手にしたグラスを割る。

テーブルや床に散らばる破片を前に、私は思い切り顔を顰めた。

と同時に、席を立つ。

「お、お父様……？」

不安げにこちらを見つめるベアトリスは、小刻みに震えていた。

どうやら、私の反応を見て怯えているらしい。

「怒って、ますか……？　ご、ごめんなさい……ごめんなさい」

か細い声で謝罪を繰り返し、ベアトリスは頭を抱え込むようにしてお辞儀する。

胸が痛むほど哀れな姿に、私は歯を食いしばった。

自分がこうさせているのかと思うと、情けなくて……。

「……別に怒っていない。だが、今の話は少し考えさせてくれ」

『時間が欲しい』と主張し、私はさっさと食堂を出て行った。

そして、後日――皇城を訪れて、第二皇子に接触する。

目的はもちろん、皇太子の件だ。

「我が家を利用するためにベアトリスへ近づいたなら、今すぐやめていただきたい。非常に不愉快だ」

向かい側のソファに腰掛ける金髪赤眼の少年を軽く睨み、私は厳しい口調で責め立てた。

が、あちらは実に飄々《ひょうひょう》としている。

まるで、こうなることを分かっていたみたいに冷静だ。

『普通の子供だと、直ぐに泣くんだが……』と思案する私の前で、第二皇子は両手を組んだ。

「なにやら、とんでもない勘違いをされているようですね。僕はバレンシュタイン公爵家を利用しようとも、ベアトリスを騙そうともしていませんよ」

「この期に及んで白を切るとは……強情ですね」

あちらの言い分に耳を貸す気など毛頭ない私は、『嘘をつくな』と突っぱねる。

疑心に満ちた態度を取る私に対し、第二皇子はそっと眉尻を下げた。

「いえ、本当にそのような目的で皇位を狙っている訳じゃありませんよ。僕はただ――ベアトリスを幸せにしたいだけです」

グッと強く手を握り締め、第二皇子は凜とした表情を浮かべた。

真っ赤な瞳に確固たる意志を宿しながら。

「ベアトリスは常々言っていました。お父様が怖い、と……離れたい、と」

「!!」

「だから、物理的にも社会的にもバレンシュタイン公爵家から距離を置くため、皇帝になろうと決意したんです。そうなれば、婚約者たるベアトリスは皇后になり、家を出られますから」

実に青臭くて単純な理由を述べ、第二皇子はソファから立ち上がる。

「公爵、お願いです。いい加減、ベアトリスを解放してください」

決して臆することなくそう言い放ち、第二皇子は深々と頭を下げた。

そのままじっとしている彼を前に、私はそっと目を伏せる。

いや、我が家から離れるにしても他にもっとやり方があるだろ。

何故、いきなり『皇帝になろう』などという話になるんだ？

そう言いたいのに……喉に何か詰まったかのように、声を出せなかった。

『はっ……はっ……』と短い呼吸を繰り返しながら俯き、目元に手を当てる。

ベアトリスにそこまで怯えられていたなんて、知らなかった。

もしや、婚約を急いだのも私から離れるためか？

だとしたら、辻褄は合う……。

自分は娘にとって恐怖の対象でしかないのだと実感し、大きく瞳を揺らした。

あまりにもショックで……やるせなくて。

『どうすれば、いいんだ』と思い悩む私を前に、第二皇子は尚も言葉を重ねる。

「最後くらい、父親らしく娘の幸せを願ってあげてくれませんか？」

最後くらい？　私はいつも……いつだって、娘の幸せを願っている。

家門の未来や自分の保身など、二の次だ。

「バレンシュタイン公爵家の後継ぎに関しては、僕も力になりますから」

我が家の後継者など、心底どうでもいい……娘のためなら、分家から養子を取るなりなんなりする。

「もちろん、他にも色々補填しますし」

そんなもの必要ない。実子を失ったことによる損害より、ベアトリスの幸せの方がずっと重要だ。

だが……

「今ここで結論は出せません。出直します」

ショックが大きすぎて、上手く考えをまとめられず……私は保留を言い渡した。

と同時に、席を立つ。

『それでは、また今度』と言い残して退室する私は、早々に屋敷へ帰還した。

無心になりたい一心で執務室に籠り、淡々と書類仕事をこなしていく。

そして、夜の十一時を回った頃――――控えめに扉をノックされた。

「あの……お父様、今よろしいでしょうか？」

扉の向こうから聞こえてくる弱々しい声に、私はピクッと反応を示す。

『ベアトリスか』と確信しながら。

いつもなら迷わず入室を許可しているところだが、今日はあんなことがあった後なので返事を躊躇った。

どんな顔でベアトリスと会えば、いいんだ……。

まだ心の整理がついていないこともあり、私は二の足を踏む。

『気づかなかったフリでもしようか』と思い悩む中、

「も、申し訳ございません……お忙しいに決まっていますよね。それなのに、事前の連絡もなくこんな……不躾でした。出直します」

と、ベアトリス自ら延期を提案してくれた。

これは正直、助かる。

でも――――あまりにも他人行儀な態度が、妙に気になった。

『私が突然の訪問で怒っている、と勘違いしているのではないか？』と悩み、顔を上げる。

「出直す必要はない。入れ」

思い切って入室の許可を出すと、ベアトリスは
「えっ？　あっ……失礼します」

と言って、扉を開けた。

おずおずと顔を覗かせ、中に入る彼女はそっと扉を閉める。

と同時に、こちらへ向き直った。

「夜分遅くに申し訳ありません。それで、あの……ジェラルドを皇太子にする件なのですが」

恐る恐るといった様子で話を切り出し、ベアトリスはこちらの顔色を窺う。

でも、決して引き下がろうとはしなかった。

きっと、第二皇子の件はそれほど真剣で……切実なのだろう。

『そんなに私と離れたいのか……』と内心苦笑していると、ベアトリスは一歩前へ出る。

「帝国の今後に関わることなので、即決出来ないのは分かります。でも、ジェラルドならきっと
……いいえ、間違いなくいい君主になります。他人《ひと》の気持ちに寄り添える人ですから。民や貴族の声に耳を傾けて、善政を敷いてくれるはずです。なので……」

「――――ベアトリスはどう思っているんだ？」

第二皇子のことなど心底興味のない私は、ベアトリス個人の感情と意思を問うた。

すると、彼女は困惑気味に瞬きを繰り返す。

「えっと、私はジェラルドが次期皇帝となることを……」

「違う。聞きたいのは、そういうことじゃない」

そう言って首を横に振り、私は手を組んだ。

「仮に第二皇子が次期皇帝に選ばれた場合、婚約者であるベアトリスは我が家を出ることになるが
……それについて、どう思っている？」

ついに我慢出来ず……家族の絆が壊れるかもしれない質問を投げ掛け、私は少し後悔する。

『ここで第二皇子の言っていたようなことが、返ってきたら……』と考え、そっと目を伏せた。

まともにベアトリスの顔すら見られない私の前で、彼女は
「ぁ……それは……えっと……」

と、口籠る。

これこそが、答えだろう。

そうか……私はベアトリスにとって、恐怖そのものなんだな。

よく分かった。

手で目元を覆い隠し、私は強く奥歯を噛み締めた。

胸からじわじわ広がっていく絶望を前に、小さく深呼吸する。

「もういい。ベアトリスの気持ちは理解した」

言葉にしてハッキリ拒絶されることを恐れ、私は早々に話を切り上げた。

と同時に、大きく息を吐く。

「第二皇子の件、全面的に協力しよう。だから、もう安心しなさい」

――私はベアトリスの人生から、消える。結婚以降は二度と干渉しない。

そう続けるはずだったのに……上手く声を出せず、言葉にならなかった。

でも、きっとベアトリスには伝わっただろう。

凄くホッとしたような表情を浮かべているから。

『複雑だが、嬉しそうで良かった』と思いつつ、私は目を瞑る。

――この日以降、私は第二皇子派の主要人物として動き、各方面に働きかけた。

エルピス皇帝陛下に対しては、特に。

ここぞとばかりに魔物討伐の功績を利用したおかげか、陛下もこちら側へついた。

結果、皇太子は第二皇子で決定。

まあ、まだ正式な手続きは終えていないが。

それはそれとして――ベアトリスもそろそろ、結婚だな。

第二皇子が皇太子になったら何かと忙しくなるし、今のうちに式を済ませておいた方がいいだろう。

と考え、私はベアトリスと第二皇子の意向を確認してから準備に入った。

まあ、私に出来ることなど限られているが。

各方面に根回しをして、金を出すくらいだ。

『普通の親子なら、衣装や段取りの相談も出来たのにな』と思案しつつ、私は一つ息を吐く。

――そうこうしている間に月日は流れ、結婚式前日を迎えた。

ついに明日、ベアトリスは私の元を去っていくんだな。

執務室の窓から夜空を眺め、私は椅子の背もたれに寄り掛かる。

寂しい気持ちや虚しい気持ちを必死に押し殺しながら。

「……最後に一度だけ、ベアトリスと二人きりで話がしたいな」

第二皇子を皇太子にするよう頼まれた日以降、二人きりで話すことなどなかったため、私は少しだけ欲を出す。

が、直ぐに考えを改めた。

せっかく幸せの絶頂にいるのに水を差してはいけない、と。

ベアトリスを苦しめる悪い父親は、潔く身を引くべきだ。

それが私に出来る最後のことなのだから。

『自制しろ』と何度も自分に言い聞かせ、私は沈黙を貫いた。

――でも、それは間違いだったかもしれない。

何故ならちょうど日付が変わった頃、ベアトリスの不在を知らされたため。

「なんだと？　どこにもベアトリスの姿が見当たらない？」

執務室で秘書官のユリウスと向かい合う私は、眉間に深い皺を刻む。

このタイミングで消えるなど……どう考えても、おかしいから。

明日は待ちに待った結婚式……このような騒ぎを起こさなくても、直ぐに我が家を出られる。

なのに、何故……？

「まさか、何者かに攫われたのか？」

「いえ、それは恐らくないかと。屋敷には公爵様の結界がありますし、サンクチュエール騎士団でしっかり守りを固めています。何より、ベアトリスお嬢様のいるお部屋はとても綺麗でした。争った形跡はおろか、ベッドのシーツの乱れもありません」

そもそも寝てなかったことを指摘し、ユリウスは『お嬢様自ら外へ出た可能性が高いです』と述べた。

もし、外部犯の仕業ならベッドを使ってなかったことに説明がつかないため。

普通は明日の結婚式に向けて、体を休めるはずだろう。

『それでも、出て行ったということは……』と悩み、私は席を立つ。

「何にせよ、まずはベアトリスの捜索だ。皇室にも協力を要請して、公爵領を……いや、帝国全土をくまなく探せ」

「はっ」

神妙な面持ちでお辞儀するユリウスに、私は『頼んだぞ』と声を掛けた。

そして、足早に窓辺へ近づくと、

「えっ？　こ、公爵様……？」

と、ユリウスに驚かれる。

『何をするつもりなのか』と困惑する彼の前で、私は壁に立て掛けておいた聖剣を持った。

「私もベアトリスを探してくる」

「はい!?　じゃあ、捜索の指揮は!?」

「お前が執れ」

「えぇ!?　無茶言わないでくださいよ！」

『私はただの秘書官ですよ!?』と騒ぎ、ユリウスはこちらへ駆け寄ってきた。

何とか引き止めようとしてくる彼を前に、私は窓を開ける。

「貴様なら、出来る。というか、やれ」

「そんな横暴な……」

ガクリと肩を落として嘆息するユリウスは、額に手を当てた。

『お嬢様が絡むと、いつもこうだ』と愚痴を吐く彼の前で、私は窓縁を掴む。

「娘が行方知れずとなった状況で、冷静に指揮を執れるほど私は出来ていない。大人しく椅子に座って、指示を出すだけなど……焦れったくて、頭がおかしくなりそうだ」

居ても立ってもいられない心境であることを明かし、私は奥歯を噛み締めた。

あのときベアトリスと接触を図っていればもっと早くこの事態に気づけたかもしれない、と後悔しながら。

『何故いつも手遅れになってから、気づくのか』と思案しつつ、私は窓縁を握る手に力を込めた。

その途端、バキッと音を立てて木材が砕ける。

「はぁ……分かりましたよ。そこまで言うなら、私なりに尽力します。ですから、どうか無理だけはしないでくださいね。公爵様はベアトリスお嬢様のことになると、いつも暴走気味になるんですから」

やれやれと頭《かぶり》を振って苦笑するユリウスは、渋々ながらも単独行動を許してくれた。

呆れたように溜め息を零す彼に対し、私は
「……ああ、善処する」

とだけ言って、窓から飛び降りる。

そして静かに着地すると、一も二もなく走り出した。

ベアトリスの無事を確認したい一心で。

単なる家出なら、別にいい……でも、もし何かの事件に巻き込まれているのなら早く助け出さなければ。

カーラの忘れ形見を失うような事態だけは、何としてでも避けたい。

屋敷の防壁を飛び越え、敷地外に出た私は人気のない場所を中心に探し回った。

街の捜索は騎士団の方でやってくれるだろう、と踏んで。

『聞き込み調査などは私に不向きだしな』と考えつつ、あちこち見て回ること五時間。

そろそろ朝日が昇るという頃――――私はとある森の一角で、ベアトリスを発見した。

死体となった状態で。

「……何故だ」

胸を一突きされて死に至ったであろう我が娘を前に、私は膝から崩れ落ちる。

怒りや悲しみを感じる余裕もないほど絶望に打ちひしがれ、目の前が真っ暗になった。

「ベアトリス……ベアトリス」

譫言《うわごと》のように娘の名前を呼び、私は恐る恐る彼女の頬へ触れる。

と同時に、一筋の涙を流した。

「冷たい……」

否が応でも死を感じさせる温度に、私は大きく瞳を揺らす。

「どうして、こんなことに……」

グッと奥歯を噛み締め、私は優しく丁寧にベアトリスの亡骸を持ち上げた。

その瞬間、ようやく感情が追いついてきて……言いようのない怒りと、海より深い悲しみを覚える。

ベアトリスは明日から、やっと幸せな人生を歩めるはずだったんだ。

自分の道を切り開いて、好きな人の隣を歩いて、たくさん笑って……なのに、こんな結末あんまりだろう。

この子には、幸せな未来を手に入れる資格すらないと言うのか？

「そんなはずない……！」

クシャリと顔を歪め、私は徐々に明るくなってきた空を見上げた。

いや、睨みつけた。

今もどこかで生きているだろうベアトリスを殺した犯人を思って。

「ベアトリスの仇は必ず討つ！」

――と、決意してからというもの私はひたすら犯人を探し続けた。

英雄としての権力や公爵家の資金を惜しまず、使って。

でも、犯人の特定はおろか手掛かり一つ見つからない。

犯行現場は人気のない森である上、痕跡も完璧に消されている。

正直、この状況で犯人を割り出すのは難しい。

だが、いくつか分かったこともある。

まず、あの日屋敷から抜け出したのはやはりベアトリス自身の行動《意思》だったこと。

また、かなり薄着だったことから直ぐに戻ってくる気だったのが窺える。

少なくとも、ベアトリス本人に行方を晦《くら》ませるつもりはなかった。

『もし、そうならもっと厚着だったはず』と考えながら、私は執務机をトントンと指で叩いた。

「やはり、顔見知りの犯行である可能性が高いな」

あの引っ込み思案で臆病なベアトリスが、気まぐれで家を空けるとは到底思えず……誰かしらに呼び出された線が濃厚、と見る。

あの子がこういった無茶をするのは、大抵誰かのためだから。

無断外出など出来るタイプじゃないベアトリスを思い浮かべ、私は眉間に皺を寄せた。

でも、問題は誰がベアトリスを呼び出して殺したか、だ。

結婚式前日だったことを考えると、余程親しい間柄でもない限り会おうと思わないはず。

当日に差し障るからな。

慎重派のベアトリスのことを思い、私は『ふぅ……』と一つ息を吐く。

と同時に、容疑者の似顔絵が描かれた紙を見下ろした。

「一番怪しいのは、ベアトリスと最も仲のいい第二皇子だが……動機がない。それに彼は犯行当時、ずっと神殿で祈りを捧げていた」

結婚式の成功を願っていたらしい第二皇子に、私はスッと目を細める。

皇室の関係者のみならず神官も姿を目撃したとなると、第二皇子のアリバイは完璧……こいつを犯人にするのは、無理がある。

『だが、他に親しいやつなんて……』と思い悩み、私は目頭を押さえた。

「このままでは、確実に犯人を特定出来ない……ベアトリスの受けた痛みを、苦しみを、嘆きを返せない」

八方塞がりとも言える状況に、私は歯を食いしばる。

自分がとても無力な存在に思えて。

「何が英雄だ……光の公爵様だ。娘の仇討ちすら、出来ない無能のくせに」

『国を救えても、最愛の娘を救えなければ意味がない』と絶望し、私はゆっくりと視線を上げる。

と同時に、ソファの上で眠るベアトリスを見た。

首から下を毛布で覆っているからか、死んでいるとは思えない。

ただ昼寝しているように見える。

……声を掛けたら、『おはようございます、お父様』と言って目を覚まさないだろうか。

そんな馬鹿げた考えが脳裏を過ぎり、私はハッと乾いた笑みを零す。

「ついに私はおかしくなってしまったらしい……」

自嘲気味にそう吐き捨て、私はおもむろに立ち上がった。

ゆったりとした歩調でソファへ足を運び、少しだけ泣きそうになる。

ベアトリスが生きていない、という事実を未だに受け止めきれなくて。

鼻の奥がツンとする感覚を覚えながら、私はソファの前で膝を折った。

「なあ、ベアトリス。頼むから、戻ってきてくれ……お前のいない世界なんて、耐えられない」

いつになく弱々しい声で、呼び掛けるものの……案の定反応はなし。

ピクリとも動かないベアトリスの亡骸を前に、私はそっと目を伏せた。

「……そうそう奇跡など、起きるはずもないか。なら、せめてベアトリスの後を追いたいが……その前に仇を討たなくてはな。娘の無念を晴らさずに全てを投げ出すなど、許されない」

グッと強く手を握り締め、私は目いっぱい歯を食いしばった。

ベアトリスのいない世界で今日も生きていかなくてはならないのかと思うと、苦しくて。

『早く全てを終わらせたいのに』と嘆息し、そっと眉尻を下げた。

「いっそ――この世界ごと滅ぼしてしまえば、犯人を探す面倒も自害する手間も省けるんだが」

半ば投げやりに……苦し紛れにそう呟き、私はハッとする。

そうだ、この世界を滅ぼしてしまえば……全て解決する。

この世界《生きること》に執着がなく、他を圧倒するほどの力を持っている私だからこそ取れる手段に、瞠目した。

と同時に、壁へ立て掛けておいた聖剣を見やる。

英雄としてあるまじき選択をしているのは、理解している。

でも、現状これが最善だ。

自害はさておき、犯人探しは間違いなく失敗に終わるから。

犯人が自ら名乗り出ることを願うしかない状況に、私はスッと目を細める。

決意が固まっていく感覚を覚えながら壁際に近寄り、聖剣を手に取った。

その瞬間、聖剣から凄まじい拒絶反応を示されるが……気にせず、腰に差す。

恐らく、私の濁った感情や考えを読み取って反発したのだろう。

でも、悪いな。お前には、最後まで付き合ってもらうぞ。

恨むなら、私を主として認めた過去の自分を恨め。

聖剣から放たれる静電気のようなオーラを一瞥し、私は再度ソファに足を向けた。

ベアトリスの亡骸は、どうしようか。さすがに置いていく訳には、いかないよな。

人質のように扱われる危険があるから。

でも、だからと言って連れ歩くのは……気が進まない。

見世物のようには、したくないんだ。

「なら、信頼出来る実力者に預けるしかないか」

半ば自分に言い聞かせるようにして呟き、私はニンフ山のある方向を見据えた。

契約精霊なんて、うってつけじゃないか？　と考えながら。

『とりあえず、行ってみるか』と思い立ち、私は毛布に包まれたベアトリスの亡骸を抱き上げた。

あとがき

『愛する婚約者に殺された公爵令嬢、死に戻りして光の公爵様（お父様）の溺愛に気づく　今度こそ、生きて幸せになります！』の第1巻をお手に取っていただき、ありがとうございます。

作者のあーもんどです。

では、早速ですが、本作の裏話を紹介していこうと思います。

まず、本作は『溺愛パパをメインに書いてみたい！』という思いから生まれました。

なので当初は家族愛をテーマに、ほんわか親子ストーリーを書こうと思っていたのですが……筆が進まず、断念。

そこから、数ヶ月ほど原稿を放置しました……（笑）

でも、やっぱり書きたくなってプロットを練り直し、路線変更することに。

『捻くれ者の私に、ほんわか親子ストーリーは無理だ！　ここは潔く、シリアスストーリーにしよう！』ということになり、今の形になりました。

そして、本作のタイトルなんですが、初期案では『光の公爵様を闇落ちさせない、たった一つの方法』となっていたんです。

でも、『このタイトルでは、周りに読んでもらえないかもしれない……』と思い、長文タイトル（今のやつ）に変更した背景があります。

本作の裏話は、これで以上となります。

少しでも、『へぇ〜！　そんなことがあったんだ！　面白い！』と思っていただけたら幸いです。


ここからは謝辞になります。

仕事を応援してくれるお父様。普段はクールだけど実は優しいお兄様。私に元気をくれる創作仲間さま。いつも、ありがとうございます。

飛び抜けたセンスと画力で本作のキャラクターを魅力的に描いて下さった、ニナハチ様。こちらの思いや考えに寄り添ってくれた担当編集者さまをはじめ、本の制作に携わって下さいました全ての方々に感謝致します。

そして、この本をお手に取って下さいましたあなた様。改めまして、ありがとうございました。

EARTH STAR
LUNA

愛する婚約者に殺された公爵令嬢、死に戻りして光の公爵様（お父様）の溺愛に気づく ①
今度こそ、生きて幸せになります！

発行 ―――― 2025年4月1日　初版第1刷発行

著者 ―――― あーもんど

イラストレーター ―――― ニナハチ

装丁デザイン ―――― 山上陽一

発行者 ―――― 幕内和博

編集 ―――― 筒井さやか

発行所 ―――― 株式会社アース・スター エンターテイメント
〒141-0021　東京都品川区上大崎3-1-1
目黒セントラルスクエア　7F
TEL：03-5561-7630
FAX：03-5561-7632

印刷・製本 ―――― 中央精版印刷株式会社

ISBN 978-4-8030-2080-9